I0657432

DE L'EURE

A L'EXPOSITION UNIVERSELLE

DE 1878

PAR

CHARLES FORTIER

Membre de la Société libre d'Agriculture de l'Eure.

EVREUX

DE L'IMPRIMERIE DE CHARLES HÉRISSEY

1879

LE

DÉPARTEMENT DE L'EURE

A L'EXPOSITION UNIVERSELLE DE 1878

8° V.

SOCIÉTÉ LIBRE D'AGRICULTURE, SCIENCES, ARTS ET BELLES-LETTRES
DU DÉPARTEMENT DE L'EURE.

LE DÉPARTEMENT

DE L'EURE

A L'EXPOSITION UNIVERSELLE

DE 1878

PAR

CHARLES FORTIER

Membre de la Société libre d'Agriculture de l'Eure.

R. F.

EVREUX

DE L'IMPRIMERIE DE CHARLES HÉRISSEY

1879

COMPTE RENDU

DE

L'EXPOSITION UNIVERSELLE

DE 1878

POUR LE DÉPARTEMENT DE L'EURE

———

Ce compte rendu, inspiré par la Société libre d'agriculture de l'Eure, se propose de réunir dans une sorte de catalogue spécial et détaillé, tous les exposants du département de l'Eure, que le catalogue général avait dispersés dans ses nombreuses nomenclatures, et l'Exposition dans les immenses galeries du Champ-de-Mars et du Trocadéro.

Peut-être nos exposants trouveront-ils quelque plaisir à se voir réunis et à se retrouver, comme des compagnons de route, qui, partis du même point, s'étaient perdus de vue dans la foule. Qu'ils tournent ces pages; elles sont exclusivement remplies de noms qui leur sont familiers, voisins, amis, rivaux, tous présentant un intérêt à leur esprit, parce que tous sont, non pas de simples

1

noms propres et des abstractions sans vie, mais des hommes, des hommes qu'on aime ou qu'on connaît, dont on a vu les commencements, les efforts, les luttes, et dont on voit ici le triomphe.

Et nous tous tant que nous sommes qui aimons notre pays, nous y verrons avec une satisfaction vive que le département de l'Eure est entré avec honneur à l'Exposition universelle, et qu'il n'en est pas sorti sans gloire.

Ce travail aura aussi pour effet de rendre à notre département sa personnalité industrielle perdue dans la masse énorme des produits exposés, et de reconstituer sa physionomie propre qui ne pouvait avoir à Paris que la valeur d'un trait de la physionomie nationale.

Nous nous proposons d'y consigner, autant que nous le pourrons, les origines des établissements industriels dont nous aurons à parler, leurs développements, leurs progrès, leur état actuel, et de faire ainsi une sorte de monographie des industries du département.

Mieux qu'une monographie, un livre d'or, puisque l'élite seule, sinon toute l'élite, de nos industriels y trouvera place, et qu'ici c'est la matière qui doit ennoblir l'ouvrage et lui donner du prix.

Nous devons donc, au nom de tous, remercier la Société libre d'agriculture de l'Eure d'avoir conçu le projet d'un travail qui sera intéressant, quoi qu'il arrive, dût l'exécution mal servir sa pensée. En notre privé nom, nous la remercions de nous avoir laissé l'honneur et le plaisir d'écrire... un livre d'or.

————————

Un comité formé sous la dénomination de *Comité départemental pour l'admission des produits à l'Exposition universelle*, était chargé de soumettre à un examen préalable les objets ou produits qui devaient être présentés à l'Exposition.

Il était ainsi composé :

Président.

M. Passy (Louis), député, sous-secrétaire d'État au ministère des finances, président de la section d'agriculture de l'arrondissement des Andelys.

Secrétaire.

M. Chauvel (Émile), manufacturier, président de la Chambre consultative des arts et manufactures d'Évreux.

Membres.

MM. le duc de Broglie, sénateur, président de la section d'agriculture de l'arrondissement de Bernay;

le duc de Clermont-Tonnerre, président de la Société libre d'agriculture de l'Eure;

Couillard, grand industriel, maire de Pont-Audemer;

MM. DANNET (Charles), industriel, ancien président du tribunal de commerce de Louviers;

DEFOUCY, président de la Chambre consultative des arts et manufactures de Bernay;

DEGRAND, ingénieur en chef du département de l'Eure;

DIDOT, directeur des établissements Firmin-Didot;

GRUEL, agriculteur, membre du conseil d'arrondissement de Pont-Audemer;

HAMELIN, grand industriel, aux Andelys.

JOUEN (l'abbé), archéologue;

LEBEURRIER (l'abbé), archéologue, ancien archiviste du département de l'Eure;

LEPOUZÉ, député, maire d'Évreux;

OSMOY (D'), député, membre du conseil central d'organisation de l'Exposition universelle;

POITEVIN (Charles), président de la Chambre consultative des arts et manufactures de Louviers;

POUYER-QUERTIER, sénateur, président du conseil général de l'Eure;

PRÉTAVOINE, président du comice agricole de l'arrondissement de Louviers.

L'Exposition universelle de 1878 comprenait:

1° L'Exposition industrielle au Champ-de-Mars et sur les deux rives de la Seine;

2° L'Exposition rétrospective au palais du Trocadéro;

3° Les concours d'animaux vivants à l'esplanade des Invalides;

C'est de ces trois expositions que nous nous proposons de rendre successivement compte.

EXPOSITION INDUSTRIELLE

Nous suivrons l'ordre qui a été adopté par le comité central d'organisation de l'Exposition pour le groupement des produits exposés. Dans cet ordre, les exposants du département figurent aux groupes et aux classes indiqués dans la liste générale qui suit :

GROUPE II. ÉDUCATION ET ENSEIGNEMENT. — MATÉRIEL ET PROCÉDÉS
DES ARTS LIBÉRAUX.

Classe 6. — *Éducation de l'enfant ; enseignement primaire ;
enseignement des adultes.*

MM. Malherbe, à Pont-Audemer.
Métayer, à Conches.

Classe 7. — *Organisation et matériel de l'enseignement secondaire.*

MM. les Directeurs de l'École professionnelle d'Évreux.

Classe 9. — *Imprimerie et librairie.*

MM. Didot et Cie, au Mesnil-sur-l'Estrée.
Hérissey, à Évreux.

Classe 10. — Papeterie ; reliure ; matériel des arts de la peinture et du dessin.

MM. les Directeurs des établissements de la Risle, à Pont-Audemer.

Hatterer (veuve), au Mesnil-sur-l'Estrée.

Knipper, à Évreux.

Classe 13. — Instruments de musique.

MM. Angot et Dubreuil, à Ivry-la-Bataille.

Dumont-Lelièvre et Cie, aux Andelys.

Laubé, à la Couture-Boussey.

Lot, à la Couture-Boussey.

Classe 14. — Médecine, hygiène et assistance publique.

MM. le docteur Auzoux, à Saint-Aubin-d'Écrosville.

Lebrun, à Louviers.

Classe 16. — Cartes et appareils de géographie et de cosmographie.

Ville d'Évreux.

GROUPE III. MOBILIER ET ACCESSOIRES.

Classe 26. — Horlogerie.

M. Beaulavon, aux Andelys.

Classe 29. — Maroquinerie, tabletterie et vannerie.

MM. Barbe, à Dangu.

Roussel-Noë, à Ézy.

GROUPE IV. TISSUS, VÊTEMENTS ET ACCESSOIRES.

Classe 30. — Fils et tissus de coton.

MM. Barbey, à Drucourt.
Boisard, à Évreux.
Daliphard (madame), à Radepont.
Davilliers et Champy, à Gisors.
Lemoine et Cⁱᵉ, à la Rivière-Thibouville.
Leroy et Vauquelin, à Thiberville.
Perdrix et Cⁱᵉ, à Évreux.
Pouyer-Quertier, à Fleury-sur-Andelle.

Classe 32. — Fils et tissus de laine peignée.

MM. Audresset et fils, à Louviers.

Classe 33. — Fils et tissus de laine cardée.

MM. Amette, à Louviers.
Aubert, à Louviers.
Breton, à Louviers.
Dannet, à Louviers.
Nouflard et Cⁱᵉ, à Louviers.
Pelletier-Helant, à Louviers.
Poitevin frères et fils, à Louviers.
Selle, à Louviers.
Vilcoq et Eustache, à Louviers.

Classe 34. — Soies et tissus de soie.

MM. Hamelin, aux Andelys.
Vielfaure, à Vernon.

Classe 38. — Habillement des deux sexes

MM. Gareau, à Évreux.
Quesnay frères, à Charleval.

Classe 40. — Armes portatives et armes de chasse.

M. Poupart, à Gisors.

GROUPE V. INDUSTRIES EXTRACTIVES. — PRODUITS BRUTS ET OUVRÉS.

Classe 43. — Produits de l'exploitation des mines et de la métallurgie.

MM. Albon (marquis d'), à la Poultière.
Baraguey-Fouquet, à la Neuve-Lyre.
Chauvel, à Évreux.
Cubain, à Courteilles.
Fouquet, à Rugles.
Laveissière et fils, à Courteilles.
Lemaréchal et Cie, à Rugles.
Margueron et Cie, à Transières, près Rugles.
Mouchel et Périlliat, à Tillières.
Onfroy et Landry, à Rugles.
Piedfer-Cohue, à la Gueroulde.

Classe 47. — Produits chimiques et pharmaceutiques.

MM. Gervais-Roussel, à la Ferrière-sur-Risle.
Steiner et fils, à Vernon.

Classe 49. — Cuirs et peaux.

MM. Bodovillé, à Pont-Audemer.
Bunel frères, à Pont-Audemer.
Conard, à Pont-Audemer.
Couillard et Vitet, à Pont-Audemer.
Josset, à Saint-Denis-le-Ferment.
Laîné (J.), à Pont-Audemer.
Laîné (L.), à Pont-Audemer.
Lecompte (R.), à Pont-Audemer.
Legrand, à Pont-Audemer.

MM. Leprieur aîné, à Pont-Audemer.
Pont-Audemer (ville de).
Prieur frères, à Pont-Audemer.
Touflet-Dumesnil, à Pont-Audemer.
Touzé-Quillet, à Pont-Audemer.
Turgis, à Pont-Audemer.
Verger (C.) à Pont-Audemer.
Verger (Léonce), à Pont-Audemer.
Vornier fils, à Pont-Audemer.

GROUPE VI. OUTILLAGE ET PROCÉDÉS DES INDUSTRIES MÉCANIQUES.

Classe 51. — Matériel et procédés des exploitations rurales et forestières.

MM. Béranger, à Évreux.
Borel, à Vernon.
Cartier, à Nassandres.
Levasseur, à Évreux.

Classe 52. — Matériel et procédés des usines agricoles et des industries élémentaires.

MM. Cartier, à Nassandres.
Dumont-Carpentier, à Gisors.
Durvie, à Ivry-la-Bataille.
Legendre, à Houlbec-Cocherel.

Classes 56 et 57. — Matériel et procédés du filage et de la corderie.

MM. Calvet-Rogniat, à Louviers.
Dusseaux, à Louviers.
Frené, à Louviers.
Lécaudé, à Léry.
Lenôtre, à Bernay.
Mercier (veuve) et L. Mercier, à Louviers.

Classe 61. — Machines, instruments et procédés usités dans divers travaux.

M. Chenel, à Ivry-la-Bataille.

Classe 62. — Carrosserie et charronnage.

MM. Couillard et Vitet, à Pont-Audemer.

Classe 63. — Bourrelerie et sellerie.

MM. Saillard-Boursier, à Breteuil.
Saullière-Priout, à Francheville.

Classe 66. — Matériel et procédés du génie civil des travaux publics et de l'architecture.

MM. Défontaine, à Vernon.
Lainé, à Louviers.
Lebrun, à Louviers.
Ministère des travaux publics.

GROUPE VII. PRODUITS ALIMENTAIRES.

Classe 69. — Céréales, produits farineux avec leurs dérivés.

MM. Delarue, à Beaumont-le-Roger.
Dumont-Carpentier, à Gisors.

Classe 71. — Corps gras alimentaires, laitage et œufs.

M. Chevalier, à la Bonneville.

Classe 74. — Condiments et stimulants, sucres et produits de la confiserie.

MM. Cartier et Cie, à Nassandres.
Osmoy (d') et Cie, à Étrépagny.

Classe 75. — Boissons fermentées.

MM. Petit, à Gaillon.
Quevilly fils, à Beaumesnil.

GROUPE VIII. APICULTURE ET PISCICULTURE.

Classe 76. — Spécimens d'exploitations rurales et d'usines agricoles.

MM. Baquet, à Vesly.
Dumoutier, à Claville.
Pinel, à Thil-en-Vexin.
Société libre d'agriculture de l'Eure.

Classe 83. — Insectes utiles et insectes nuisibles.

MM. Duguay, à Fontaine-sous-Jouy.
Pulligny (vicomte de), au château du Chesnay, près
d'Écos.

Classe 84. — Poissons, crustacés, mollusques.

M. Pulligny (vicomte de), au château du Chesnay, près
d'Écos.

GROUPE IX. HORTICULTURE.

Classe 85. — Serres et matériel de l'horticulture.

MM. Hachler, à Gisors.
Hamel, à Évreux.

Classes 86 à 90. — Concours d'horticulture.

M. Pulligny (vicomte de), au château du Chesnay, près
d'Écos.

GROUPE II

ÉDUCATION ET ENSEIGNEMENT. — MATÉRIEL ET PROCÉDÉS
DES ARTS LIBÉRAUX.

CLASSE 6. — ÉDUCATION DE L'ENFANT. — ENSEIGNEMENT PRIMAIRE.
— ENSEIGNEMENT DES ADULTES.

M. MALHERBE, A PONT-AUDEMER.

M. Malherbe est instituteur libre à Pont-Audemer. L'expérience qu'il a acquise dans l'exercice de ses fonctions, l'intérêt qu'il porte à tout ce qui touche les enfants, à leurs besoins, à leur bien-être, à leur bonne direction, lui ont fait sentir les défectuosités du matériel usuel des écoles, et l'ont porté à y chercher des perfectionnements.

Il a envoyé à l'Exposition un modèle des tables-bancs qu'il a installées dans son école.

Le mobilier d'une école consiste dans une série de longues tables devant chacune desquelles est un banc. Le banc est assez éloigné de la table pour que l'écolier puisse se tenir debout dans l'intervalle, et même y circuler, soit pour quitter sa place, soit pour y revenir. D'ailleurs, point de dossier. Ainsi quand l'enfant doit écrire ou lire, il est obligé de pencher le corps en avant, et de prendre une position fatigante et mauvaise. Quand il doit interrompre ce travail, et se tenir droit pour écouter, il ne rencontre derrière lui aucun appui, et il faut qu'il se tienne non pas droit, mais dressé sur ses reins. Enfin ces longues tables et ces longs bancs où s'asseyent quatre, cinq, six écoliers, ou un plus grand nombre, mettent la sagesse déjà bien fragile de tous à la merci de l'espièglerie d'un seul, et amènent souvent la dissipation ou l'indiscipline.

Les tables-bancs de M. Malherbe suppriment ces inconvénients, et se prêtent plus complaisamment au service de l'enfant. Chaque banc n'a qu'une place, au plus deux; il est muni d'un dossier; et à ce dossier est adaptée une table à inclinaison convenable pour écrire, comme sont les tables de pupitres. Ces appareils sont placés les uns derrière les autres, de telle sorte que l'enfant assis sur le dernier banc de derrière se trouve devant la table adaptée au dossier du banc qui est devant lui : et ainsi du dernier rang jusqu'au premier.

La tablette inclinée sur laquelle l'enfant doit travailler, au lieu d'être articulée à une charnière et de se lever de bas en haut, glisse horizontalement dans une rainure ou coulisse; l'enfant peut ainsi la tirer à soi quand il a besoin de s'y appuyer, et la repousser, quand il doit se tenir debout ou circuler. Ce mouvement de va-et-vient de la tablette couvre et découvre un encrier et un plumier placés à la partie supérieure de l'inclinaison.

Enfin on a adapté au dessous une planchette pour que les écoliers puissent appuyer leurs pieds. Et comme toutes les jambes de ce jeune peuple ne sont pas de la même longueur, on a ménagé dans les pieds de la table trois degrés ou hauteurs différentes auxquelles la planchette peut être fixée.

On le voit; par suite de ces dispositions, les imperfections que nous signalions en commençant ont disparu. L'écolier est appuyé contre un dossier, quand il a à se tenir droit. S'il a à écrire, il amène la table à lui, et n'est pas obligé d'aller la chercher en portant tout son corps en avant. S'il a à se tenir debout ou à circuler, il la repousse et se fait la place nécessaire. Enfin, étant seul à son banc, il ne peut gêner ses voisins par sa turbulence.

Un dernier point, que nous devons signaler en terminant, point fort important, si important en matière d'écoles que, sans lui, tout le reste est impraticable, c'est que ces améliorations n'entraînent presque aucuns frais, le prix de revient étant à peu près le même que celui de l'ancien mobilier scolaire.

Ces perfectionnements dont M. Malherbe a présenté le modèle à l'Exposition, ont été appréciés comme ils méritaient de l'être, et ont valu à leur inventeur une mention honorable.

M. MÉTAYER, A CONCHES.

Tout le monde sait à combien d'ennuis, de difficultés et de frais entraîne l'absence de précision dans les indications relatives à l'état civil et à l'identité des citoyens. Ce sont des justifications qu'il faut produire, de l'argent qu'il faut dépenser, des démarches qu'il faut faire, et du temps qu'il faut perdre.

Combien de personnes, dans les campagnes surtout, ne savent pas au juste comment leur nom s'écrit, et ne pourraient dire dans leur ordre tous leurs prénoms, si tant est qu'ils ne les aient complétement oubliés, hors celui dont on les appelle? Combien qui ne savent plus ou n'ont jamais su la date de leur naissance, et ne connaissent qu'à peu près leur âge? Les inconvénients d'une ignorance aussi généralement répandue sont considérables. Ils arrêtent à chaque instant les citoyens dans l'accomplissement des actes les plus importants de la vie. Et, se reproduisant pour un grand nombre, ils en arrivent à prendre les proportions d'un mal public.

M. Métayer, longtemps secrétaire de la mairie de Conches, aujourd'hui agent de contentieux à Paris, était bien placé pour voir ces choses. Et il s'est ingénié pour y trouver un remède. Il a imaginé un petit livre de quelques pages, qu'il intitule: *Livret de famille*, et qui réalise une idée heureuse; il serait à souhaiter de le voir entrer dans nos habitudes, dans nos mœurs, peut-être même, et avec le temps, dans notre loi.

C'est ce livret qu'il a envoyé à l'Exposition universelle. Ses pages sont consacrées à la naissance, au mariage, à la naissance des enfants, et au décès.

Dans la pensée de M. Métayer, un *Livret de famille* devrait être délivré à chaque enfant au moment où il vient au monde. Sur la première page seraient inscrits le lieu et la date de sa naissance, ses nom et prénoms, les noms et prénoms des père et mère, le tout certifié par la signature de l'officier de l'état civil et le cachet de la mairie. La seconde page, consacrée au mariage, porterait le lieu et la date du mariage, les noms et prénoms des époux, le lieu et la date de leur naissance, le nom et la résidence du notaire qui a reçu leur contrat, le lieu et la date du décès d'un conjoint, la signature de l'officier de l'état civil et le cachet de la mairie. Les troisième et quatrième pages — nous rendons compte page par page de ce petit livre, parce que tout y est substantiel — les troisième et quatrième pages seraient relatives aux enfants nés du mariage; elles indiqueraient le lieu et la date de la naissance de chaque enfant, les nom et prénoms, la signature du maire et le cachet de la mairie. La dernière page enfin porterait la date et le lieu du décès, toujours certifiés par le maire.

Une place est réservée à la fin pour la signature du titulaire, certifiée par le maire de sa commune.

On comprend combien de services un tel livre pourrait rendre. Dans les mairies, dans les greffes,

chez les notaires, dans les conservations d'hypo-
thèques, que d'incertitudes dissipées, que de confu-
sions détruites, que d'erreurs prévenues ! Pour la
justice criminelle elle-même aussi, combien de fois
la saisie du livret l'aiderait-elle à découvrir ou à
rétablir des identités !

Ce ne sont pas les faits exceptionnels qui doivent
déterminer les mesures générales, et cependant il
est bien probable que c'est le désastre résultant des
incendies de la Commune de Paris, en 1871, qui a
décidé M. Métayer à présenter à la Chambre des
députés une idée dès longtemps mûrie, mais dont
l'utilité lui apparaissait alors d'une façon plus saisissante. Il l'a présentée sous la forme d'une pétition
qui a été rapportée le 10 février 1872. Le rapport
concluait à l'ordre du jour, mais non sans rendre un
élogieux témoignage à la pensée de M. Métayer : un
enterrement, c'est vrai, mais au moins un enterrement de première classe, avec quelques fleurs de
rhétorique sur la tombe.

Le rapport s'embarrassait assez gratuitement d'ob-
jections vaines dont l'avenir a, bien peu de temps
après, démontré la vanité. Au bout de trois ou quatre ans, en effet, en 1876, si nous ne nous trompons,
l'administration elle-même a eu l'idée de recommander aux préfets et aux maires précisément un
livret de famille. Si l'on avait cru devoir associer
M. Métayer à l'honneur et à la mise en œuvre de cette
innovation, que ses travaux lui avaient rendue fami-
lière et comme appropriée, cela eût été plus juste
et surtout meilleur, car le livret de l'administration

ne vaut pas le sien, étant moins complet dans ses indications et dans son usage. Il peut cependant, tel qu'il est, rendre encore des services. Mais nous préférons de beaucoup celui de M. Métayer qui est conçu de manière à en rendre de vraiment considérables.

Ce petit livre, de forme et de volume si modestes, n'était pas de nature à attirer beaucoup les regards. Mais l'idée qu'il réalisait avait un sérieux et réel mérite; aussi il a trouvé grâce et justice auprès du jury des récompenses : il lui a été accordé une mention honorable.

CLASSE 7. — ORGANISATION ET MATÉRIEL DE L'ENSEIGNEMENT SECONDAIRE.

M. DESLANDES. — ÉCOLE PROFESSIONNELLE, A ÉVREUX.

L'École professionnelle d'Évreux a exposé :

1° Des travaux d'atelier;
2° Des dessins de différents genres;
3° Un herbier.

Les travaux d'atelier, tous exécutés par les élèves, consistaient en spécimens d'objets se rapportant surtout à la mécanique. C'était notamment une petite machine montrant la fonction des cames dans la transformation du mouvement circulaire continu en mouvements rectilignes alternatifs. C'était un appareil connu sous le nom de nœud de Oldham. C'était

un tour, un treuil, des règles, des équerres en fer
et en bois, divers outils et une collection d'assem-
blages et de modèles.

Les dessins, également exécutés par les élèves,
étaient des épures de géométrie descriptive et de
mécanique, des dessins au lavis, et des dessins
variés, tels que les plan, coupe et élévation des
constructions et du bâtiment principal de l'établissement.

L'herbier, composé par M. Deslandes, l'un des
chefs de l'établissement, avec le concours des élèves
que leurs aptitudes désignaient plus particulièrement à son choix, contient presque la totalité des
plantes de notre Normandie.

L'École professionnelle d'Évreux est un établissement d'enseignement qu'il est intéressant d'étudier et utile de faire connaître. Son programme,
ses procédés d'enseignement, *et surtout ses procédés
d'éducation*, la distinguent des écoles ordinaires,
et en font une institution qui, à son origine surtout,
n'avait peut-être point de similaire.

Elle fut fondée en 1838, par M. Arsène Meunier,
et cédée, peu après, à M. Corbeau, son gendre, qui
la géra avec succès pendant quatre années, jusqu'en 1842. A cette époque, elle subit une sorte de
disparition momentanée, pour reparaître en 1849,
comme on voit près de nous notre Iton disparaître
tout à coup, laisser son lit à sec, et reprendre un
peu plus bas son cours. A partir de cette époque,
son histoire n'est plus qu'une série d'agrandissements de local, d'adjonctions de constructions, de

déménagements pour insuffisance de place, jusqu'à ce qu'enfin, en 1868, le directeur actuel transportât l'école dans le vaste immeuble qu'il a fait construire, et qu'elle occupe aujourd'hui.

Elle reçoit tous les ans à peu près cent cinquante enfants, dont cent à cent vingt pensionnaires et trente à cinquante externes.

Le programme a en vue les carrières agricoles, industrielles, commerciales, et fait appel aux enfants qui s'y destinent ou qu'on y destine. C'était la pensée du fondateur, et, depuis quarante ans, cette pensée s'est perpétuée sans jamais dévier ni défaillir. A l'origine, c'était un programme singulier ; aujourd'hui, c'est un programme officiel qui a nom : *Enseignement primaire supérieur;* et l'École professionnelle d'Évreux a l'honneur de l'avoir adopté des premières, et d'avoir contribué, par les résultats qu'elle a obtenus, à en répandre et en populariser l'application.

En outre des matières comprises dans le programme, l'École enseigne l'allemand, l'anglais, la musique, le dessin, la gymnastique et les exercices militaires.

A l'enseignement théorique est joint l'enseignement pratique ; l'établissement possède un atelier de serrurerie, une forge, une fonderie, un atelier de menuiserie, un laboratoire de physique et de chimie, et un vaste jardin pour l'étude et la culture des plantes. Les élèves choisissent eux-mêmes leurs occupations, suivant leurs aptitudes ou leurs goûts. Les résultats de l'instruction fournis par l'École résultent de la statistique suivante : sur cent enfants, trente et un environ se livrent à l'agriculture, quarante et un entrent dans le commerce, et seize dans l'industrie. Le reste embrasse des carrières diverses ou moins classées.

L'École est dirigée par M. Deslandes, gendre de M. Meunier, le fondateur, par M. Paul Deslandes, son fils, et par M. Goy, son gendre. L'aspect général de l'intérieur a un caractère d'austérité grave qui rappelle les intérieurs des maisons de religieux. L'ordre est partout ; cuisines, réfectoires, dortoirs sont tenus avec un soin monastique. Il n'est pas jusqu'à une sorte d'abri construit dans la cour de récréation, où les enfants se réfugient quand la pluie les surprend, qui ne rappelle la prévoyance extrême qui veille sur leur bien-être. Cet abri n'a pas l'architecture du cloître, il en a la précaution et la sollicitude. Quant aux chefs de l'École, ils se prodiguent à leurs enfants avec un admirable dévouement.

Nous parlions, en commençant, des procédés d'éducation. Ils y sont vraiment remarquables, et l'on ne saurait trop les mettre en vue. La contrainte, la répression, le châtiment sont à peu près inconnus, et la discipline est inviolablement observée. La douceur, la patience, l'habileté à prendre l'esprit des enfants et à s'en rendre maître, voilà la méthode et le secret.

L'École professionnelle d'Évreux est parvenue à faire adopter son programme d'instruction. Mais sa méthode d'éducation ne s'est pas aussi facilement

répandue, et elle est restée presque sienne. Il y a
peu de maisons qui, à cet égard, puissent lui être
comparées.

C'est que cette méthode est de l'application la
plus malaisée. C'est qu'elle exige l'amour des enfants, la passion du devoir, le parti pris du sacrifice,
et qu'elle n'appartient qu'aux éducateurs excellents.
C'est que les directeurs de l'École professionnelle
d'Évreux y ont consacré leur vie tout entière, avec
une prodigalité aveugle, sans retenir et sans compter. C'est que leur exemple épouvanterait, au lieu
de conquérir ceux pour qui l'éducation des enfants
est un métier et non pas une fonction sacrée.

La surveillance chez eux n'est jamais confiée
à des agents à gages : elle est continuellement
exercée par eux-mêmes. Les cours, à de rares
exceptions près, sont tous faits par eux. Ils y suffi-
sent, mais à la condition de s'y multiplier sans
merci. Ils ne quittent jamais leurs enfants; en
classe, à l'étude, en récréation, partout; le jour, la
nuit, toujours ils sont avec eux. Leur vie y passe
toute. Ce côté sollicitude et dévouement n'est pas
dans le programme, mais il est dans la maison. Il
y était à l'origine; il y est resté.

Ces mérites avaient déjà valu des récompenses à
l'École professionnelle d'Évreux. En 1873, une
médaille d'argent lui avait été décornée par l'Association normande à son concours de Damville, pour
différents objets se rapportant à l'agriculture. La
même année, elle obtenait une médaille de vermeil
de la *Société pour l'instruction élémentaire*. Elle

remportait un diplôme de mérite à l'Exposition universelle de Vienne (Autriche), pour dessins et travaux d'atelier,

En 1878, le jury des récompenses de l'Exposition universelle lui a accordé une médaille de bronze, dont le métal est moins noble, il nous semble, que l'esprit d'abnégation et de sacrifice de ses trois directeurs. Ces messieurs n'auront sans doute pas plaidé eux-mêmes leur cause, et pris soin d'attirer particulièrement l'attention du jury sur leur œuvre. Mais le temps qu'ils auraient mis à provoquer une récompense plus haute et plus ajustée à leur mérite n'a pas été perdu ; ils l'employaient à s'en rendre dignes.

CLASSE 9. — IMPRIMERIE ET LIBRAIRIE.

MM. DIDOT ET Cⁱᵉ, AU MESNIL-SUR-L'ESTRÉE.

MM. Didot et Cⁱᵉ tiennent à notre département par leur établissement du Mesnil-sur-l'Estrée et aussi un peu par leur papeterie d'Eure-et-Loir, établie sur la rivière séparative du département voisin et du nôtre.

Nous ne prétendons pas parler de leurs établissements avec détail. Ce serait là le sujet d'un livre, non d'un rapide compte rendu. Le livre est fait d'ailleurs. Et puis tout le monde sait, sans lui, que la maison Didot et Cⁱᵉ est une des illustrations les plus

respectées de l'industrie française, et que le mérite
de ses directeurs a jeté sur elle un singulier éclat.
Elle marche au premier rang parmi les premières,
et son nom a ses entrées à l'Institut.

Nous ne pouvions pas omettre de lui faire sa place
dans la liste de nos exposants à qui elle appartient.
Notre département attache un haut prix à la gloire
qu'il en reçoit, à la richesse qu'elle répand dans le
pays, et aussi et surtout au bien qu'elle y fait.

La maison Didot et Cie figure à toutes les expositions importantes, et dans toutes avec une autorité
considérable. Elle a envoyé à l'Exposition universelle
de 1878 des ouvrages d'histoire, de littérature, etc.,
édités par elle, des chromolithographies, des illustrations de journaux, etc. Ces objets se faisaient
remarquer par une supériorité manifeste à tous les
points de vue, et d'ailleurs incontestée.

Ces messieurs ne savent pas au juste combien ils
ont remporté de prix, récompenses, médailles,
diplômes d'honneur, etc. Nous savons seulement,
nous, qu'à l'Exposition universelle de 1878 ils ont
encore obtenu une médaille d'or.

M. HÉRISSEY, A ÉVREUX.

L'imprimerie de M. Charles Hérissey a conquis et
occupe aujourd'hui une situation importante parmi
les maisons de province. Son père, M. Auguste
Hérissey, en avait commencé la fortune en jetant
dans la circulation des œuvres qui avaient été

très-appréciées par le public, et très-goûtées par les délicats. La renommée avait déjà marqué son nom, et la publicité s'en était emparée; les éditions sorties de ses presses étaient citées pour leur goût et le soin de leur exécution; les récompenses les plus flatteuses avaient déjà consacré ses habiles et heureux travaux, quand, en 1875, la mort vint l'enlever à son œuvre et remettre à son fils, M. Charles Hérissey, le soin de la continuer.

Elle n'a point périclité; loin de là. Elle grandit au contraire et se fortifie. Elle suit sa voie d'un pas que le changement de directeur n'a pas attardé. Les ateliers ont été agrandis et ils occupent aujourd'hui plus de soixante ouvriers.

Le recrutement des ouvriers présente une assez grande difficulté, et n'est pas un des moindres soucis de M. Hérissey. Les travaux d'une imprimerie ne sont pas tous à la portée du premier venu, et beaucoup demandent un certain savoir ou une habileté particulière. Les aptitudes qu'il y faut ne se rencontrent pas toujours facilement dans un centre de population peu considérable. M. Hérissey qui ne veut, autant qu'il est possible, employer que des ouvriers du pays, est obligé d'apporter un soin très-soutenu et tout spécial à l'entretien et à la culture de son personnel.

La maison a imprimé pour les éditeurs les plus renommés de Paris de nombreux ouvrages, parmi lesquels nous citerons le *Dictionnaire des devises*, des *Traités sur l'art militaire*, l'*Éloge de la Folie*, les *Œuvres de Scarron*, le *Cartulaire de Louviers*, etc.,

M. Hérissey a envoyé à l'Exposition universelle quelques ouvrages sortis de ses presses; il en aurait envoyé un bien plus grand nombre, tous dignes d'attirer l'attention, mais il a dû se borner, car la place lui avait été bien parcimonieusement accordée. Sa vitrine n'était pas plus grande que celle des bijoutiers, et il n'a pu y envoyer que quelques bijoux.

A l'Exposition universelle de 1867, la maison, dirigée alors par M. Auguste Hérissey, avait obtenu une médaille de bronze. En 1878, M. Charles Hérissey a obtenu une médaille d'argent. A bientôt donc la médaille d'or!

CLASSE 10. — PAPETERIE, RELIURE; MATÉRIEL DES ARTS DE LA PEINTURE ET DU DESSIN.

COMPAGNIE DES ÉTABLISSEMENTS DE LA RISLE, A PONT-AUDEMER.

Cette compagnie fabrique des papiers d'emballage. Elle a envoyé à l'Exposition du Champ-de-Mars des spécimens de sa fabrication qui se sont fait remarquer par leur souplesse et leur solidité.

Ces qualités lui ont valu la clientèle de grandes maisons de commerce de Paris et de plusieurs administrations publiques. Elles lui ont valu des récompenses nombreuses dans les concours et expositions où elle s'est présentée: en 1850, à l'exposition régionale de l'Ouest; en 1855, à l'Exposition universelle de Paris; en 1859, à l'Exposition de Rouen. Enfin, à l'Exposition universelle de 1867, elle obtenait une médaille de bronze.

Le jury des récompenses de l'Exposition universelle de 1878 lui a décerné une médaille d'argent.

Mᵐᵉ VEUVE HATTERER, AU MESNIL-SUR-L'ESTRÉE

Mᵐᵉ veuve Hatterer a une maison de vente à Paris, passage Tocanier, 15.

Sa manufacture est située au Mesnil-sur-l'Estrée, et occupe l'emplacement d'une des anciennes papeteries de MM. Firmin Didot. Elle fabrique du papier à cigarettes, papier persan à paille de riz. On sait que le papier à cigarettes demande beaucoup de soin dans sa fabrication et doit réunir beaucoup de qualités pour être agréé d'un public exigeant. Il doit être fin, solide, insapide, inoffensif, et le nombre des papiers à cigarettes qui sont offerts aux préférences des fumeurs témoignent en même temps des efforts tentés pour arriver à la perfection et de la difficulté d'y atteindre.

La maison Hatterer a plus d'une fois pris part à des concours industriels, et elle se glorifiait déjà de sept médailles d'honneur lorsqu'elle présentait à l'Exposition de 1878 des échantillons de ses produits. Le jury lui a décerné une récompense nouvelle : une médaille de bronze.

M. KNIPPER, A ÉVREUX.

M. Knipper a présenté à l'Exposition universelle des reliures de luxe qui ont attiré l'attention du jury et obtenu son suffrage. En sortant de ses mains, les livres sont non plus des livres, mais des objets d'art. On les regarde, on n'ose les ouvrir, et le talent du relieur pourrait ainsi venir au secours de l'auteur et le dispenser de faire un bon ouvrage. Et pourtant, si on les ouvre, on les trouve maniables, dociles sous les doigts, et on les feuilletera de la première page à la dernière sans que la reliure en témoigne la moindre fatigue.

Les tranches sont faites avec un soin extrême, les marges conservées aussi larges qu'il est possible, les témoins respectés comme des choses sacrées; les fers sont d'une netteté parfaite et d'un goût excellent. Un vieux livre tout gras, tout disloqué, tout déjeté par les coups du temps et du sort, reprend sous la main de l'artiste son lustre primitif, et sort de son atelier tout battant neuf. Nous pourrions dire aussi tout battant vieux, car M. Knipper fait des imitations et des restaurations de reliures anciennes qui ont un aspect très-caractéristique et très-saisissant. Il sait leur donner la marque et y mettre le cachet.

On l'eût surpris peut-être si, lorsqu'il était modeste attaché de la maison Blot, on lui eût prédit qu'il serait un jour distingué dans un immense concours industriel et artistique. On eût dit vrai pourtant, et il est un des lauréats de l'Exposition de 1878.

Déjà, en 1874, à l'exposition de Cherbourg, il avait obtenu une médaille d'argent. En 1878, le jury des récompenses lui a décerné une mention honorable.

C'est en 1876 qu'il a fondé son établissement, et déjà le voilà consacré dans son art. Point de doute qu'il ne se soutienne au rang qu'il a conquis, et qu'il ne s'élève encore. Le soin qu'il met à étudier le faire des artistes contemporains et le goût des anciens, joint à son goût personnel, lui a valu les distinctions déjà obtenues, et lui en promet d'autres encore dans l'avenir.

CLASSE 13. — INSTRUMENTS DE MUSIQUE.

La fabrication des instruments de musique à vent en bois est une industrie très-répandue et très-cultivée dans le canton de Saint-André. Les fabricants y sont consciencieux et habiles, et ils apportent tout le soin nécessaire à cette industrie, qui en exige un si grand. On ne fait pas une flûte comme on fait un tonneau ; les pièces doivent être adaptées avec une perfection absolue ; les clés, les ressorts, les fermetures, les embouchures, rien ne doit être négligé. Tout, au contraire, doit être soigné avec une égale minutie. C'est à ce prix que les industriels de cette partie de notre département peuvent fabriquer des produits appréciés des amateurs et recherchés par la clientèle.

Ceux d'entre eux qui ont envoyé des spécimens à l'Exposition universelle occupent certainement un rang distingué parmi leurs confrères; et leur fabrication y a d'ailleurs reçu un très-sympathique accueil.

Ces exposants étaient :

MM. ANGOT ET DUBREUIL, A IVRY-LA-BATAILLE.

Ces messieurs avaient envoyé des instruments à vent en bois, clarinettes, flûtes, etc. Leurs échantillons témoignaient des qualités générales de la fabrication du pays, le soin et l'habileté, et ils ont été très-sérieusement appréciés des connaisseurs.

Outre les produits dont ils ont exposé des spécimens remarquables, MM. Angot et Dubreuil fabriquent encore toute la série des instruments à cordes : violons, altos, violoncelles, basses, etc., et les instruments de cuivre. On voit qu'il y a là une fabrication multiple et très-complexe, et qui exige de la part des industriels qui la dirigent un travail assidu, une surveillance incessante, et une entente très-approfondie du métier et de tout ce qui s'y rapporte.

M. LAUBÉ, A LA COUTURE-BOUSSEY.

M. Laubé a envoyé également des instruments à vent en bois qui étaient des produits de choix, et qui soutenaient vaillamment la comparaison avec les produits similaires exposés en même temps qu'eux.

M. LOT, A LA COUTURE-BOUSSEY.

Mêmes produits : des instruments à vent en bois. Mêmes qualités d'exécution. Les échantillons de M. Lot ont même obtenu un succès plus vif, puisqu'ils ont remporté une médaille de bronze.

M. THIBOUVILLE, A IVRY-LA-BATAILLE.

Mêmes produits encore : instruments à vent en bois. Ont obtenu une médaille de bronze.

En somme, l'industrie luthière du canton de Saint-André était dignement représentée à l'Exposition universelle, et les objets par lesquels elle s'y est produite lui ont certainement fait honneur, et ne sauraient manquer de servir et d'accroître sa bonne réputation.

MM. DUMONT-LELIÈVRE ET Cⁱᵉ, AUX ANDELYS.

MM. Dumont-Lelièvre et Cⁱᵉ ont exposé des modèles d'harmoniums. Mais ils se recommandaient surtout à l'attention des visiteurs par deux instruments de leur invention pour lesquels ils ont pris un brevet : l'orgue médiophone et le système harmoniphrase.

Dans l'orgue médiophone, inventé par M. Dumont, quelques jeux parlent sous des tables d'harmonie, comme dans l'harmonium ordinaire, et constituent les jeux de fond; mais la plus grande partie des jeux parle dans des tuyaux ou boîtes résonnantes d'un genre spécial, et les sons, renforcés par la double vibration de l'anche et de la colonne d'air des tuyaux, acquièrent une puissance énorme et portent aussi loin que ceux des grandes orgues. Les jeux sont rendus expressifs au moyen de genouillères expressives qui ouvrent et ferment les tuyaux à la volonté de l'exécutant. Quand les tuyaux sont fermés, les sons sont d'une faiblesse et d'une douceur extrêmes.

Cette faculté de produire des sons d'une grande puissance et d'une ténuité infinie fait de l'orgue médiophone en même temps qu'un instrument de chœur et de tribune, un instrument de salon et de sociétés de chant.

L'harmoniphrase Dumont est un système servant à l'accompagnement du plain-chant. Par l'abaissement de la seule note du chant, on obtient l'accord. L'accompagnement étant divisé par phrases distinctes réparties dans toute l'étendue du clavier, on peut varier, selon les changements de phrases qui se rencontrent dans un même morceau. Cet instrument peut fonctionner sous les mains les plus inexpérimentées, et un enfant de chœur ou le premier venu, sans préparation préalable, peut accompagner les offices. Il est appelé ainsi à rendre de grands services, surtout dans les campagnes, où l'on n'a pas souvent un organiste sous la main.

Ces ingénieuses inventions de M. Dumont, jointes à l'exécution excellente de sa fabrication courante, ont fait de la maison Dumont-Lelièvre et Cie une des plus recommandables et des plus connues de son industrie. Aussi a-t-elle dû élargir singulièrement, depuis plusieurs années, la base de ses opérations. Les constructions, qui déjà étaient étroites au temps de la société Chaplain et Cie, prédécesseurs des propriétaires actuels, ont dû être agrandies et recevoir d'importantes annexes. Le nombre des ouvriers, qui était de douze alors, est aujourd'hui de plus de cinquante, et l'allure des affaires de cette maison fait pressentir que les agrandissements n'en resteront pas là.

Ces messieurs, parmi tant de concurrents et de si considérables, ont obtenu une médaille de bronze.

CLASSE 14. — MÉDECINE, HYGIÈNE ET ASSISTANCE PUBLIQUE.

M. LE DOCTEUR AUZOUX, A SAINT-AUBIN-D'ÉCROSVILLE.

M. le docteur Auzoux est un savant éminent. C'est aussi un inventeur merveilleux, dont la découverte porte ce trait distinctif des œuvres de génie, de n'avoir point eu de modèle et de n'avoir point d'imitateurs.

C'est enfin, et cette gloire vaut le reste, c'est un

homme de bien, dans le sens le plus élevé du mot.

M. Auzoux, tout jeune encore et faisant ses études de médecine, fut frappé de l'insuffisance des moyens d'enseignement en ce qui concerne l'anatomie, et de la difficulté des dissections anatomiques.

La difficulté de se procurer des cadavres, le dégoût qu'ils inspirent, et surtout la rapidité de la décomposition, rendaient cette étude toujours pénible et incomplète.

Il eût fallu un cadavre permanent et inaltérable, n'inspirant aucun dégoût, toujours à la disposition de l'opérateur, et livrant à l'étude toutes les parties du corps, depuis les plus superficielles jusqu'aux plus profondes. C'est ce cadavre que chercha, que trouva le jeune Auzoux, encore étudiant, et que des savants, des maîtres avaient inutilement cherché avant lui.

Il appela sa découverte l'anatomie clastique : — *clastique* vient du grec κλάω, briser. — L'anatomie clastique est la construction d'un corps organisé au moyen de pièces dont chacune représente un organe distinct, et qui peuvent se monter et se démonter à volonté.

Avant lui, disons-nous, beaucoup de tentatives avaient été faites. On y avait essayé successivement le marbre, le métal, le plâtre, l'argile, la cire, la pâte de carton, le mastic, la pâte à faire le pain, enfin le bois. On avait ajouté, quand on l'avait pu, le coloriage qui rendait l'aspect des pièces plus saisissant et plus instructif. Toutes ces substances étaient absolument impropres à l'usage auquel on les appliquait. Elles étaient ou trop molles, ou trop dures, ou trop lourdes ou trop fragiles, ou trop difficiles à travailler et d'un prix inabordable.

A ces matières M. Auzoux substitua une pâte faite avec de la poussière de liége. A l'état frais, cette pâte est très-plastique et se moule aisément; en séchant elle devient d'une dureté extrême, et elle conserve cependant une espèce d'élasticité qui l'empêche d'être fragile. Elle est très-légère, se travaille et se manie facilement ; elle résiste aux chocs violents, et supporte les différences de température les plus considérables. Enfin elle se prête à merveille aux opérations du coloriage. Elle possède donc toutes les qualités qui manquaient aux substances essayées avant elle et se trouve ainsi éminemment propre à la construction du corps élastique.

Quant au mode de montage et de démontage, il est extrêmement simple. Chaque pièce porte d'un côté un petit crochet en fer, de l'autre un petit trou, de façon à s'accrocher d'un côté à la pièce qu'elle doit recouvrir et à recevoir de l'autre celle qui doit s'adapter à elle. Toutes les pièces portent des numéros d'ordre et de détail qui permette... à l'opérateur le plus inexpérimenté de monter et de démonter l'appareil sans hésitation et sans tâtonnements.

C'est en 1822 que M. Auzoux, nouvellement reçu docteur, alors âgé de 24 ans, présenta ses premiers travaux à l'académie de médecine. Les années suivantes, de nouveaux ouvrages furent soumis à l'examen de cette savante compagnie; nous devrions dire à son admiration, car les rapports qui lui furent

adressés à ce sujet par ses membres les plus éminents témoignent que tel fut le sentiment qu'inspira
la découverte de l'anatomie clastique. En 1823,
M. Auzoux créa son premier homme, et ne le
trouvant pas parfait, malgré l'applaudissement avec
lequel il avait été accueilli, il le reprit, le corrigea,
le transforma et présenta enfin en 1830 un homme
nouveau qui a depuis reçu bien des perfectionnements, mais n'a pas subi de transformation radicale,
comme ceux qui l'avaient précédé.

Ce n'est pas tout d'inventer une chose utile, il
faut en multiplier les exemplaires, il faut en vulgariser l'usage, il faut la mettre à la portée et dans la
main de tout le monde. Rien n'est fait, et aucun
service n'est rendu tant que la découverte n'est pas
passée du domaine de la science dans celui de l'industrie. M. Auzoux le comprit, et le savant se fit industriel.

En 1834, il fonda un établissement de fabrication
à Saint-Aubin-d'Écrosville, son pays natal, dans
notre département. Mais il fallut bientôt l'agrandir,
et l'agrandir encore et il faudrait l'agrandir toujours,
car il n'a jamais suffi à sa tâche. Il occupait à l'origine une quarantaine d'ouvriers. Il en occupe plus
de 80 aujourd'hui. Nous ne savons pas combien il
en aura demain; nous savons seulement qu'il n'en
aura pas assez, car ses préparations ont tout de
suite été et sont encore aujourd'hui demandées de
tous les points du globe.

En France, tous les ministères en ont pourvu les
établissements publics confiés à leurs soins, les éco-

les, les hôpitaux militaires, les hôpitaux des ports
et des colonies. Beaucoup de conseils généraux en
ont doté leurs départements.

De l'étranger sont venues des demandes nombreuses, d'Égypte, de Russie, de Belgique, de
Suède, de Hollande, d'Espagne, d'Italie, de Suisse,
d'une foule d'États de l'Amérique du Sud et du Nord,
des Indes Orientales.

En Angleterre, l'arrivée du premier homme du
docteur Auzoux fut accompagnée d'une sorte de
cérémonial, et l'on fit au visiteur étrange un accueil
empressé. Le gouvernement surveilla lui-même le
voyage et l'arrivée des caisses où il était emballé.
Ces caisses furent, par ses soins, déposées chez le
docteur Auzoux qui s'était rendu en Angleterre pour
la livraison. Sir Henri Alford, premier médecin du
roi Guillaume IV, vint lui faire visite dès son arrivée,
et lui annoncer que le roi voulait faire cadeau au
King's college du premier homme clastique entré
dans ses États. Et pendant trois mois l'homme clastique fut l'objet de la plus vive curiosité de la part
des savants, des magistrats, des hommes d'État,
enfin de la partie la plus éclairée de la population.

Au milieu de tant de succès, l'inventeur ne se
reposait pas. Il cherchait toujours à perfectionner
son œuvre. Il voulut aussi l'étendre. Comme il avait
composé un homme, il composa des animaux et des
végétaux, et aujourd'hui l'anatomie clastique comprend plus de 150 modèles différents du règne animal et du règne végétal.

Il porta son attention sur les prix de revient comme

sur tout le reste, et il l'abaissa successivement et dès qu'il le put, à mesure que ses ouvriers devenaient plus habiles et fabriquaient plus promptement. Il créa même des modèles plus petits que nature dont le prix n'est que de 250 fr., celui de l'homme de taille ordinaire étant de 3,000 fr.

L'établissement du docteur Auzoux a envoyé à l'Exposition universelle les modèles de toutes ses préparations. Un opérateur était constamment à la disposition du public pour fournir des explications, monter et démonter les pièces aux yeux des spectateurs, et, si l'ingéniosité de ces appareils retenait les visiteurs intelligents et instruits, leur étrangeté et leur perfection frappante captivait l'attention des autres.

Voici un aperçu détaillé des ouvrages du docteur Auzoux et des objets fabriqués dans son établissement :

Il fit d'abord l'homme clastique complet. — En outre, pour mettre en lumière les fonctions les plus importantes de la vie, il composa, pour toute la série animale, des préparations spéciales concernant :

1° La digestion :

Une série d'estomacs :
    Lion,
    Ruminant,
    Cheval,
    Rongeur,
    Oiseau,
    Sauterelle, etc;

2° La circulation :

Une série de cœurs :

    Crocodile,

    Serpent,

    Tortue,

    Carpe,

    Huître, etc;

3° L'innervation :

    Une série de cerveaux :

    Chat,

    Rat,

    Oie,

    Vipère, etc.,

    Système nerveux des mollusques, rayon-
nés, écrevisses, etc;

4° La respiration :

    Larynx, trachée artère, poumons et sacs
aériens de l'oiseau,

    Poumons de grenouille,

    Trachée artère, sacs aériens et cœur de
nèpe.

Il a composé une série de préparations représentant la succession complète des phénomènes de
la gestation.

Dans le règne animal il a composé :

Un cheval clastique. — Cet ouvrage conquit
tout de suite les mêmes suffrages que les précédents.
Et il fut réclamé pour l'enseignement de l'anatomie
du cheval dans les garnisons de cavalerie, les haras
et les établissements consacrés à l'élevage du cheval.

— Il a été fait sur le cheval quelques extraits comme il en avait été fait sur l'homme, les mâchoires, la jambe, le sabot, les tares osseuses, et le travail de gestation de la jument;

Un dindon, un serpent (boa constrictor), une tête de vipère considérablement grossie, une perche de mer, un hanneton, un colimaçon, une sangsue, un ver à soie, un papillon, une abeille;

Une tête d'homme, de gorille, d'orang-outang, de phoque, de lion, de panthère, d'éléphant, de kanguroo;

Dans le règne végétal :

Giroflée, œillet, pois de senteur, campanule, chrysanthème, belladone, douce-amère, jusquiame, fuchsia, ancolie, fruit de l'if, grain de blé, épillet de blé, gland, cerise, fraise, groseille, mûre, consoude, melon, mousse, etc.

Toutes ces productions sont conçues avec une exactitude scientifique irréprochable et exécutées avec un art infini. Les objets trop petits sont grossis et amenés à des proportions qui en rendent l'étude extrêmement facile. Tous sont traités avec une égale perfection. C'est grâce sans doute à cette perfection d'un travail si délicat que le docteur Auzoux doit de n'avoir pas encore vu surgir de concurrents, quoiqu'il n'ait jamais pris de brevet et n'ait jamais fait mystère de ses procédés.

C'est surtout quand le docteur faisait ses leçons d'anatomie que ses préparations apparaissaient avec tous leurs caractères de vérité saisissante. Sa parole nette et lumineuse semblait leur commander, et sous sa main alerte et expérimentée, elles venaient obéissantes et empressées, livrer un à un tous les secrets de la vie.

Le docteur a publié ces leçons d'anatomie faites aux gens du monde en un volume in-8°, sous le titre de : *Leçons élémentaires d'anatomie et de physiologie.*

En outre de cet immense travail il a publié :

1° *Mémoire* sur la vipère.

2° *Considérations générales sur l'anatomie*, moyen de rendre son étude plus générale, plus facile et moins insalubre.

3° *Du choléra-morbus*, son siége, sa nature et son traitement.

4° *Insuffisance des chevaux forts et légers*, du cheval de guerre et de luxe; possibilité de l'obtenir, en créant dans chaque département et dans les régiments de cavalerie des écoles d'élevage.

Voilà le savant éminent, l'inventeur ingénieux, l'industriel habile, le travailleur infatigable. Mais nous n'aurions pas fait connaître le docteur Auzoux tout entier, si nous ne disions quelques mots de son établissement de Saint-Aubin d'Ecrosville. Il y a si fort imprimé sa personnalité en même temps douce et ferme, qu'on y trouve le complément de son image et comme son dernier trait.

Le gouvernement de la maison est une démocratie pure ; les ouvriers constituent un personnel d'élite, d'une tenue et d'une moralité rares, d'une culture d'esprit qu'on ne trouverait nulle part ailleurs au même degré.

Le règlement, formellement accepté par tout ouvrier qui entre à la manufacture, est seul souverain, mais souverain absolu. C'est de lui que dépendent les pénalités et les récompenses, les retenues et les augmentations de salaires. Ses exigences sont rigoureuses, sa discipline est sévère, ses répressions sans merci. Plus d'un n'a pas pu se faire à ce régime austère, et, après avoir essayé d'en porter le poids, a faibli et s'est retiré. Aussi le recrutement et l'entretien d'un personnel de si haut prix n'est pas chose facile. Le docteur, ne voulant employer que des enfants du pays, s'est trouvé souvent à court de sujets, et a plus d'une fois dû attendre.

Les intérêts des ouvriers, en dehors de la discipline, sont traités et réglés par eux. Ils ont une caisse de prévoyance qu'ils administrent à leur gré. Si des difficultés surgissent entre plusieurs, tous s'assemblent en tribunal et jugent le différend au scrutin secret.

L'instruction leur est donnée dans l'établissement avec une grande largesse, et, tous les jours, une heure est consacrée aux leçons, où la présence est obligatoire. Si l'on songe que le travail lui-même auquel les ouvriers sont attachés élève certainement leurs pensées en les familiarisant avec les plus hautes connaissances de l'esprit humain, on peut aisément conclure à la haute moralité qui règne dans les ateliers de Saint-Aubin-d'Écrosville. C'est une haute moralité qui y règne, en effet, comme si une âme forte y était partout présente : l'âme du maître.

De si grands travaux, de si heureux résultats ont mérité au docteur Auzoux des récompenses et des honneurs de toutes sortes dont nous ne donnerons pas la longue nomenclature. Rappelons seulement qu'il est officier de la Légion d'honneur et membre d'un grand nombre de sociétés savantes françaises et étrangères.

Le jury des récompenses de l'Exposition de 1878 lui a décerné une médaille d'or. A la hauteur où il est monté, cette récompense ne peut guère l'atteindre. Mais le jury l'a touché pourtant par le côté où il pût encore être flatté : il a décerné une médaille de bronze à M. Félix Taurin, et une à M. Cornu, tous deux chefs d'atelier à Saint-Aubin-d'Écrosville.

LEBRUN, A LOUVIERS.

M. Lebrun a pris un brevet pour deux appareils inventés par lui, et dont il a envoyé les modèles à l'Exposition universelle.

L'un est pour empêcher l'air ou l'eau de pénétrer par les fenêtres dans les appartements. Nous en parlerons plus loin, dans la classe 66, où il a été exposé.

L'autre est destiné à lever les malades de leur lit sans secousse et sans fatigue. Il est de nature à rendre de grands services, surtout dans les maisons de santé, les hôpitaux, les ambulances. Un seul appareil peut desservir tous les lits d'une salle. Imaginez un châssis en fer de la forme et de la grandeur des matelas, et pouvant saisir par les quatre coins un drap, une couverture ou le matelas lui-même. Ce châssis est attaché à des cordes, qui l'élèvent ou l'abaissent à volonté, au moyen de poulies fixées au plafond. Le mouvement d'élévation ou d'abaissement est déterminé par une petite manivelle qui peut être, au besoin, placée à la portée du malade lui-même et manœuvrée par lui.

Cet appareil a mérité une très-bienveillante attention et un examen très-sympathique de la part du jury des récompenses, qui a décerné à l'inventeur une médaille de bronze.

CLASSE 16. — CARTES ET APPAREILS DE GÉOGRAPHIE ET DE COSMOGRAPHIE.

VILLE D'ÉVREUX.

Notre ville a figuré à l'Exposition universelle sous le nom du ministère de l'intérieur. Elle y a envoyé :

1° Le plan de la caisse d'épargne :
 Élévation de la façade principale,
 Dessin,
 Détails.

2° Le plan des écoles de Navarre :
 Plan général,

Plans de détail,
Élévation et coupe,
Préaux couverts.

3° Le plan de la chapelle funéraire ;
Élévation et façade,
Coupe,
Plan du caveau,
Vue photographique.

4° Le plan de l'école de la rue aux Bouchers :
Élévation de la façade principale,
Plan du rez-de-chaussée,
Plan du premier étage.

Ce n'est pas ici le lieu d'entrer dans des détails sur ces divers édifices. Disons seulement que les plans qui ont été envoyés à l'Exposition étaient dignes d'y figurer, et qu'ils peuvent à bon droit réclamer leur part d'honneur dans les hautes récompenses qui ont été accordées au ministère de l'intérieur.

GROUPE III

MOBILIER ET ACCESSOIRES.

CLASSE 26. — HORLOGERIE.

M. BEAULAVON, AUX ANDELYS.

M. Beaulavon a présenté à l'Exposition des pendules et un tableau à échappements isochrones et à balanciers compensateurs inventés par lui, et pour lesquels il a pris des brevets. La compensation est produite par l'agencement de deux métaux de longueurs inégales, et suscep de dilatations différentes. Ces métaux se dil se resserrent en sens inverse, l'un de bas en haut, l'autre de haut en bas, et maintiennent toujours au même point le centre de gravité du balancier. Quant à l'isochronisme, il est le résultat d'un mécanisme fort simple. Dans une pendule à échappement visible à ancre, les levées de l'ancre sont fixées sur des bouchons à frottement ferme, se mouvant à l'aide d'un tournevis. Dans une autre, à échappement multiple, les levées se déplacent à volonté, comme le râteau d'avance et de retard d'une montre à roue de rencontre.

Ces explications un peu techniques n'empêchent pas les appareils inventés par M. Beaulavon d'être très-simples en même temps que fort ingénieux. Aussi la vue des objets, et surtout le service qu'ils font, les recommandent à la clientèle bien mieux que ne pourrait faire la description la plus sommaire ou la plus complète.

CLASSE 29. — MAROQUINERIE, TABLETTERIE ET VANNERIE.

M. EUGÈNE BARBE, A DANGU.

M. Eugène Barbe fabrique des dominos, et il a exposé des spécimens de sa fabrication.

Les dominos sont sans doute un produit d'une utilité secondaire ; pourtant il faut penser à tout le monde. Si l'on songe à l'extension continue du commerce qui s'en fait, on se rend compte que le domino répond à un besoin, et l'on comprend que des industriels n'aient pas voulu se borner aux procédés routiniers, et qu'ils aient cherché des procédés nouveaux de fabrication. Rien que dans notre département, qui le croirait ? cette industrie, éparpillée en une foule de petites fabriques, n'occupe pas moins de trois cent cinquante ouvriers.

M. Eugène Barbe a modifié l'ancien procédé de fabrication, et, par le moyen d'un nouvel outillage de son invention, il fabrique beaucoup plus et beaucoup mieux. Ses dominos sont à pans coupés, biseaux et moulures, ce qui les rend plus solides et d'une détérioration moins prompte. Il faut ajouter que, grâce à son outillage, le premier venu peut, sans le moindre apprentissage, fabriquer des dominos aussi bien qu'autrefois le plus habile.

M. Eugène Barbe dirige sa fabrique depuis 1864. Le modeste chiffre de vente d'alors était de huit mille francs environ; il s'élève aujourd'hui à plus de quarante mille francs.

Ses produits avaient obtenu une mention honorable en 1873, à l'exposition d'Alençon. Admis à l'Exposition universelle de 1878, ils ont mérité les faveurs du jury des récompenses, qui a décerné à M. Barbe une mention honorable.

M. ROUSSEL-NOE, A ÉZY.

M. Roussel-Noë habite cette région industrieuse de notre département qui constitue la partie méridionale du canton de Saint-André. La fabrication des instruments de musique en bois y est très-répandue : celle des peignes ne l'est pas moins. Ézy et Ivry-la-Bataille sont les deux centres industriels où cette dernière fabrication compte le plus d'établissements importants.

M. Roussel-Noë, d'Ézy, a envoyé à l'Exposition des peignes en buffle d'Irlande, en corne blonde et en écaille. Il est le seul du pays qui ait exposé, et c'est par lui seul que la fabrique des peignes a été représentée au Champ-de-Mars. Mais elle l'a été dignement et avec honneur. Les objets exposés par M. Roussel-Noë ont donné une favorable opinion de sa fabrication courante, et ses produits lui ont obtenu une médaille d'argent.

GROUPE IV

CLASSE 30. — FILS ET TISSUS DE COTON.

M. BOISARD FILS, A ÉVREUX.

La fabrication du coutil est depuis longtemps la spécialité de l'industrie ébroïcienne, qui en partage le monopole avec la ville de Flers.

Le tissage du coutil se faisait jadis à la main. Et la fabrication était l'œuvre d'une foule d'ouvriers tisserands dispersés dans la campagne, travaillant à domicile, ne s'occupant du coutil qu'aux heures perdues et pour augmenter leurs profits.

Ce mode de fabrication nous paraît aujourd'hui bien primitif et bien défectueux, tant par le procédé que par l'organisation. Ces ouvriers répandus aux alentours, et qui travaillaient à leur fantaisie et à leur loisir, ne devaient pas fabriquer des *produits* bien homogènes ni surtout d'une façon bien soutenue. Et l'industriel qui les centralisait ne pouvait jamais obtenir une fabrication bien caractérisée, portant le cachet de son faire, et comme la marque de sa personnalité. En outre, il ne pouvait jamais être assuré des quantités dont il aurait à disposer et les marchés à livrer bien souvent ne se faisaient pas ou n'étaient pas exécutés. De là, difficulté et gêne dans les affaires. Quand la demande ne trouve pas aisément satisfaction, elle se retire, change ou modifie ses besoins, et va porter ailleurs la richesse et la vie.

Les choses allèrent pourtant ainsi longtemps, et les inconvénients en étaient ou supportés ou peu sentis. Apparemment, on ne connaissait pas un état meilleur, et, la routine aidant, on marchait, fabricant et client, sans songer à mieux.

Mais un temps vint où tout changea. Ce fut le temps où les perfectionnements de toutes sortes envahirent à la fois toutes les industries; où l'on vit la vapeur, comme force principale ou auxiliaire, donner partout le mouvement aux usines, et le travail mécanique se substituer au travail à la main. Seule, la fabrication du coutil restait stationnaire dans ses anciens errements, dans ses procédés surannés, dans son organisation rudimentaire. Alors le client se montra plus difficile, et le fabricant plus impuissant. Puis le client devint rare et le fabricant mélancolique. Enfin, l'industrie du coutil menaça de périr de langueur et d'anémie.

C'est alors que M. Boisard fils eut la pensée de la ranimer en lui infusant un sang nouveau, en changeant son fonctionnement, en transformant ses procédés, en la faisant vivre enfin de la vie nouvelle. Il fallait pour cela fonder un grand établissement,

y organiser le tissage mécanique, y introduire la
vapeur, y rassembler des ouvriers assidus et réguliers... Cela ne s'était jamais vu, cela ne s'était
jamais fait. C'est cela qu'il fit.

Ce qu'une telle entreprise présenta d'obstacles à
surmonter et de difficultés à vaincre ; ce qu'elle
exigea de force de conviction et de vaillance de
caractère, nous ne saurions le raconter, et chacun
le devine. Il fallut s'y ruiner d'abord, et jeter bravement sa modeste fortune dans la fournaise. Il fallut
adapter les machines à un travail qu'elles n'avaient
jamais fait et leur apprendre à tisser le coutil. Il
fallut faire l'éducation des ouvriers, plus difficile
que celle des machines. Il fallut enfin lutter contre
les prophéties sinistres, contre les conseils timides,
contre un milieu inerte ou malveillant. C'était tout
un monde à créer.

Aujourd'hui l'œuvre est accomplie, et le passant
distrait, en voyant ces vastes ateliers toujours pleins
de mouvement et de bruit, avec leur machine hale-
tante et pressée, et leur haute cheminée qui fume,
dit : Voilà un heureux ! Un heureux ! non, ce n'est
pas un heureux ; c'est un fort. La fortune n'accorde
pas gratuitement ses faveurs. C'est un protée ennemi qui a cent formes pour s'échapper et cent mille
pour nuire, et qui cède seulement à qui le dompte.
Un heureux ! Mais qu'on songe aux inquiétudes,
aux angoisses, aux nuits sans sommeil, aux travaux
sans fin, aux calculs sans certitudes, aux sacrifices
sans promesses, et qu'on dise combien pourraient
payer de ce prix-là ce qu'on appelle le bonheur.

M. Boisard l'a payé. Mais, aujourd'hui encore, il ne se rappelle pas sans terreur les rudes assauts qu'il a soutenus, et il dit volontiers, en parlant de son établissement, que s'il avait eu, avant, toutes les sommes qu'il a fallu y mettre depuis, il n'y aurait rien mis du tout. Peut-être ne faut-il pas l'en croire sur parole.

C'est en 1863 qu'il fonda son établissement, et il le nomma *Tissage Saint-Louis,* du nom du patron des tisserands en coutil. A partir de ce moment, l'industrie tout entière reprit une activité nouvelle, ou plutôt une nouvelle vie. Dans cette transformation, elle trouva le bénéfice d'une résurrection. Sans doute, des intérêts particuliers eurent à souffrir; certains même durent succomber, et plus d'un petit industriel, ne pouvant soutenir la lutte, dut disparaître; mais l'industrie de notre cité, l'industrie ébroïcienne par excellence, fut sauvée et rendue à la prospérité.

Plusieurs fabricants ne tardèrent pas à imiter M. Boisard, et à entrer dans la voie qu'il avait ouverte. Des établissements importants s'élevèrent, où le tissage mécanique fut substitué à l'ancien tissage à la main, où des ouvriers régulièrement occupés dans les ateliers remplacèrent les anciens tisserands travaillant à domicile; et, depuis que le coutil est mieux fait, plus vite et plus régulièrement, la clientèle lui est revenue et a haussé sa demande au niveau d'une production incomparablement plus considérable que jamais.

L'usine de M. Boisard était, à son origine, moins

importante que nous ne la voyons aujourd'hui, et son propriétaire n'a cessé de l'agrandir. Aux ateliers de tissage il a ajouté une teinturerie et une filature. La filature est séparée de l'usine de tissage, et est, à elle seule, tout un établissement. Elle est située à l'extrémité du quartier Saint-Léger et connue sous le nom de *Filature Saint-Pierre*.

Les deux usines occupent ensemble trois cent cinquante ouvriers, parmi lesquels un assez grand nombre de femmes trouvent place. L'esprit de ce personnel est bon, la direction facile, les salaires sont convenables, quelques-uns même sont élevés, et les ouvriers ne désirent pas de changement, car presque tous sont anciens dans la maison.

La force dont l'établissement dispose consiste en deux moteurs hydrauliques et deux machines à vapeur, pouvant développer ensemble une puissance de cent chevaux.

La teinturerie ne fait usage que de bleu, de blanc et de gris, et puis un peu de rose pour la lisière rose, qui est la marque distinctive des fabricants d'Evreux.

Les coutils fabriqués par M. Boisard sont pour corsets, pantalons, stores et literie; les trois quarts environ sont vendus en France. Le reste va en Allemagne, en Italie, en Amérique. Les échantillons envoyés à l'Exposition universelle représentaient les diverses variétés des produits de l'usine, et attestaient une fabrication vraiment supérieure.

Nous aurions voulu faire bien comprendre et mettre en relief tout le mérite de M. Boisard comme créateur et fondateur d'une industrie nouvelle ou restaurateur d'une ancienne industrie qui périssait. Nous ne savons si nous avons réussi; mais quant à son mérite comme industriel, la démonstration est topique et brève; la voici :

A l'Exposition universelle de 1867, trois ou quatre ans après son apparition dans l'industrie, médaille de bronze. A celle de 1878, médaille d'or.

MM. PERDRIX ET Cie, A ÉVREUX.

L'industrie de la fabrication du coutil était remarquablement représentée à l'Exposition universelle. En même temps que M. Boisard, MM. Perdrix et Cie avaient envoyé des spécimens de leurs produits.

L'origine de la maison Perdrix et Cie remonte à l'année 1850, époque où elle fut fondée par M. Casimir Moreau. Dans ces premières années, le tissage se faisait tout à la main; M. Moreau y employait une quarantaine d'ouvriers dispersés dans la ville et les environs et travaillant chez eux, comme cela se pratiquait alors.

Ce mode défectueux de fabrication ne fut pas sans contribuer à la décroissance successive de l'industrie du coutil, dans notre ville, et la maison Moreau dut éprouver, comme les autres, les ennuis et les malaises d'une industrie qui végète et qui décroît.

M. Perdrix était employé chez M. Moreau. En 1866 il y était depuis quinze ans. L'état de marasme où il voyait les affaires tombées ne l'empêcha pas d'acheter l'établissement, confiant dans son activité, dans son intelligence, et dans l'avenir. Il était jeune!

L'avenir ne l'a pas trompé.

M. Boisard venait de faire une révolution en substituant le travail mécanique au tissage à la main.

M. Perdrix en comprit tout de suite la portée et, sans retard, dès 1869, il fonda une société importante sous le nom de : *A Perdrix et Cie*, se jeta résolûment dans la voie ouverte par son confrère, et créa l'établissement qui existe aujourd'hui.

Cet établissement, on le voit, ne se rattache à l'ancienne maison Moreau que par une sorte de filiation historique, mais n'a aucun autre rapport avec elle. Véritablement, il date de 1869, et doit son existence à l'initiative de M. Perdrix.

Il occupe plus de deux cents ouvriers dont le travail est très-convenablement rémunérateur. L'esprit de ce nombreux personnel est excellent; la discipline est facile à y maintenir. M. Perdrix a favorisé, autant qu'il a pu, l'établissement d'une société de secours mutuels qui existe aujourd'hui, régulièrement approuvée, et a déjà rendu des services importants.

L'usine est servie par une machine à vapeur d'une force de trente chevaux environ, faisant mouvoir cent métiers à tisser.

Les coutils fabriqués par MM. Perdrix et Cie sont pour literie, stores, corsets et pantalons.

C'est surtout sur ce dernier objet que porte l'effort de leur production; et, sans abandonner les autres variétés, ils ont adopté la spécialité des coutils pour pantalons. Cet article est fort apprécié de la clientèle de la campagne à qui il faut une étoffe solide, sans apprêt, et d'une durée indéfinie.

Outre le liseré rose qui est la marque générale de tous fabricants d'Évreux, MM. Perdrix et Cie ont adopté, pour leurs coutils de pantalons, une marque particulière à leur maison, un chef orange composé de quatre filets d'inégales largeurs.

M. Charles Moreau avait obtenu, à l'Exposition universelle de 1855, une médaille de bronze; à Rouen, en 1859, dans une exposition collective, une médaille d'or; à Nantes, en 1861, une médaille d'argent. MM. Perdrix et Cie n'avaient encore paru dans aucun concours. Pour leur entrée en lice, ils se sont présentés à l'Exposition universelle de 1878, et les mérites de leurs produits leur ont obtenu une médaille d'argent.

MM. DAVILLIERS, CHAMPY ET Cie, A GISORS.

MM. Davilliers, Champy et Cie ont exposé des tissus de coton, et de cretonnes fines.

Leurs établissements se composent d'une fabrique pour le tissage, et d'une blanchisserie de tissus de coton.

Le tissage occupe 150 ouvriers. Il produit des cretonnes fines qui sont blanchies dans la blanchisserie, et livrées ensuite à la consommation où elles sont très-recherchées pour la lingerie et la chemiserie.

La blanchisserie, dont la fondation remonte à 1816, a reçu, surtout depuis l'Exposition universelle de 1867, des agrandissements extrèmement importants. Elle a été pourvue d'un outillage très-complet et très-perfectionné, et le nombre des ouvriers qui n'était alors que de cent cinquante s'élève aujourd'hui à trois cent soixante. Elle ne pouvait pas blanchir annuellement plus de 120,000 pièces de 100 mètres, et actuellement elle est en mesure d'en blanchir 350,000. Trois cent cinquante mille pièces de 100 mètres, cela fait à peu près le tour du monde, si les savants disent vrai.

Les tissus écrus que reçoit la blanchisserie proviennent en grande partie des Vosges et de la Normandie, et quand ils en sortent, c'est pour se répandre, sans distinction ni préférence, sur tous les marchés de France et de l'étranger. Ils sont partout estimés et recherchés pour la netteté et l'éclat de leur blanc, et la solidité de leur apprêt qui résiste longtemps aux lavages qu'ils subissent quand ils sont entrés dans la consommation.

MM. Davilliers, Champy et Cie ont obtenu, à l'Exposition universelle de 1878, le rappel de la médaille d'argent qu'ils avaient remportée à celle de 1867, et MM. Dembrin aîné, Flogny et Houy qui travaillent dans leur usine, ont obtenu une mention honorable à titre de collaborateurs.

M. DALIPHARD, A RADEPONT.

L'industrie de l'impression sur étoffes a reçu des perfectionnements énormes, surtout depuis le commencement de notre siècle. Par suite et comme conséquence, elle a pris un développement considérable. Quand la clientèle ne va pas solliciter la production d'une industrie, ou qu'elle s'en retire, c'est que cette production est mauvaise ou défectueuse; c'est qu'elle pèche par la qualité, la beauté ou le prix. Si le vice disparaît, la clientèle revient, et la demande abonde. L'industrie de M. Daliphard en est un exemple frappant.

Autrefois l'industrie de la teinture des tissus et de l'impression sur étoffes était fatalement condamnée à une clientèle très-restreinte. Les étoffes teintes étaient d'un prix inabordable, à cause du prix excessif des matières colorantes. Mais nous avons fait du chemin depuis la pourpre de Tyr, dont les historiens anciens parlent avec tant d'admiration, et comme d'une chose où les rois seuls pouvaient prétendre. Pour les impressions sur étoffes, si l'on songe que jadis tout le travail se faisait à la main, on comprend que le prix de revient mettait le produit hors de portée. Mais nous avons fait du chemin aussi depuis le temps où cet art était exclusivement exercé dans l'Inde, et nos tissus imprimés ne rappellent plus guère ceux de l'Inde que par leur nom d'indiennes, qu'on leur avait donné et qu'ils ont conservé.

La Normandie et l'Alsace sont les deux grands centres de production pour les tissus imprimés. La Normandie a longtemps teint les tissus de fil qu'on appelait rouenneries. Aujourd'hui les tissus imprimés sont une des branches les plus importantes de son activité industrielle.

L'importante manufacture de M. Daliphard est située à Radepont-sur-Andelle. Fondée en 1822, elle a vu, grâce à l'intelligence et à l'activité de ses directeurs, ses affaires s'étendre tout de suite et son importance grandir constamment et avec une rapidité inespérée. Elle occupe aujourd'hui près de cinq cents ouvriers, qui trouvent là un travail continu, un salaire suffisant, un avenir assuré.

La force motrice consiste en un appareil hydraulique et trois machines à vapeur. Cette force donne le mouvement à l'outillage le plus complet, le plus riche et le plus perfectionné que puissent fournir les progrès actuels de la mécanique industrielle.

L'usine fabrique toutes les variétés d'impressions sur étoffes. Elle a cependant une sorte de spécialité pour les indiennes pour robes et pour ameublements. Elle a envoyé à l'Exposition universelle des indiennes pour rideaux et pour robes qui n'étaient que des échantillons de sa fabrication ordinaire, et qui présentaient des qualités de couleur et de teint, une netteté de dessin et des réussites de composition vraiment remarquables. Ils n'ont pas manqué d'attirer l'attention et du public et du jury des récompenses.

La maison a obtenu déjà bien des médailles qui

ont successivement consacré et confirmé la supériorité de sa fabrication :

Médaille d'argent à l'Exposition de 1844;

Rappel de cette médaille en 1849 ;

Médaille de 2ᵉ classe à l'Exposition universelle de 1855;

Médaille de prix à l'Exposition de Londres en 1862;

Médaille d'or à l'Exposition universelle de 1867,

En outre de cette dernière récompense, M. Daliphard était nommé chevalier de la Légion d'honneur.

A l'Exposition universelle de 1878, le jury a accordé à M. Daliphard un rappel de la médaille d'or de 1867.

MM. LEMOINE ET Cⁱᵉ, A LA RIVIÈRE-THIBOUVILLE.

La filature de MM. Lemoine et Cⁱᵉ occupe un rang honorable parmi les établissements similaires du département. Les produits de ces messieurs sont appréciés, et l'importance de leurs affaires est un témoignage irrécusable de leur bonne fabrication.

Les échantillons qu'ils ont envoyés à l'Exposition universelle étaient des cotons filés en bobines et en paquets.

Ces échantillons leur ont mérité une médaille de bronze.

M. J.-B. BARBEY, A DRUCOURT.

M. Barbey a exposé des rubans de coton, de fil, de fil et coton mélangé, blancs et de couleur. Ces rubans présentent 25 largeurs différentes entre trois millimètres et soixante-cinq centimètres.

M. Barbey est à la tête de son établissement depuis 1869, et en 1872 il y a introduit le tissage mécanique qui entre aujourd'hui à peu près pour un tiers dans sa production.

Cette production est constante et soutenue, et tend sensiblement à s'accroître. La clientèle d'ailleurs ne lui a jamais fait défaut, et M. Barbey a été assez heureux, même dans les années les plus difficiles, pour n'être pas obligé de réduire ses ouvriers au chômage. C'est un établissement soigneux, consciencieux, apprécié du consommateur, et dont les produits ont mérité une mention honorable à M. Hanzey comme collaborateur de M. Barbey.

MM. LEROY FILS ET VAUQUELIN, A THIBERVILLE.

MM. Leroy fils et Vauquelin ont envoyé à l'Exposition des produits de leur fabrication courante, à savoir des rubans de différentes largeurs tissés en cotons fins retors connus sous la dénomination de jaconas croisés unis et à dents.

La maison fondée en 1830, par M. A. Leroy, puis

dirigée par M. Leroy fils, appartient, depuis 1866, à la société Leroy fils et Vauquelin.

La fabrication se faisait jadis toute à la main, et elle occupait un certain nombre d'ouvriers au dehors, c'est-à-dire des ouvriers habitant çà et là dans les environs, et travaillant chez eux, à leurs loisirs et à leur gré. Ce mode de travail a, partout où il se rencontre, l'inconvénient d'éparpiller et d'énerver la surveillance et le contrôle, de ne point garantir des quantités fixes de travail, de ne point assurer le service de la clientèle, enfin de rendre le produit moins homogène et moins personnel au fabricant qui y attache son nom. MM. Leroy fils et Vauquelin ont centralisé leur fabrication depuis plusieurs années, et sans supprimer tout à fait les ouvriers du dehors, ils y ajoutent, et pour une part importante, le travail fait chez eux et sous leurs yeux par des ouvriers réguliers. Ils ont aussi substitué le tissage mécanique au tissage à la main.

Les produits qu'ils ont envoyés à l'Exposition universelle portaient la marque d'une fabrication scrupuleuse et soignée; ils ne s'étaient encore présentés à aucun concours. Pour leur première apparition, le jury des récompenses leur a décerné une médaille de bronze.

M. POUYER-QUERTIER.

Le département de la Seine-Inférieure ne possède pas M. Pouyer-Quertier tout entier. Nous pouvons aussi le revendiquer pour partie, et ses vastes établissements de la vallée d'Andelle sont une de nos plus importantes richesses industrielles.

Nous ne perdrons pas le temps du lecteur à lui dire l'importance de ces établissements et la masse de produits manufacturés qui en sortent. Les proportions d'un compte rendu sont trop étroites pour que la description détaillée d'une maison aussi considérable y puisse entrer. Nous nous bornons à faire figurer ici le nom de M. Pouyer-Quertier, non pour sa gloire, mais pour la nôtre.

Les filés et tissus de coton qu'il a envoyés à l'Exposition universelle ont obtenu une médaille d'or.

LOUVIERS (VILLE DE)

La ville de Louviers a sa place marquée dans notre compte rendu. Elle a envoyé à l'Exposition un album et des notes à l'appui qui ont figuré sous le nom du ministère de l'intérieur et qui lui ont valu l'obtention d'un diplôme.

Ce n'est pas tout. Outre les nombreuses médailles obtenues personnellement par ses fabricants, le Jury a dû décerner à sa chambre de commerce une récompense collective, un diplôme d'honneur équivalant à une médaille d'or, pour honorer d'une façon toute particulière les mérites et la supériorité de son industrie. Et, de fait, les draperies de Louviers exposées au Champ-de-Mars ont porté sa re-

nommée à un point qu'elle n'avait peut-être encore
jamais atteint.

Il doit donc être fait une place importante à la
ville de Louviers dans cette galerie des exposants
de l'Eure, une place en rapport avec celle qu'elle
occupe dans le travail et la richesse industrielle de
notre département.

L'industrie, vraiment nationale de Louviers, c'est
la filature de la laine et la fabrication des draperies.
A quelle époque en remonte l'origine? Personne, sans
doute, ne le pourra jamais dire; on sait seulement
qu'elle existait dans des temps déjà bien éloignés de
nous. Les savants, grands chercheurs, ont bien trouvé
une foule de pièces éparses qui jettent çà et là un jour
inattendu sur le passé, et le temps n'est pas loin peut-
être où un érudit saura coordonner ces documents,
les rapprocher les uns des autres, et, par un ingénieux travail de mosaïste, constituer une histoire à
peu près complète de l'industrie de Louviers; mais
les lacunes ne seront jamais comblées toutes.

Sur les origines on peut conjecturer que la première cabane qui fut bâtie sur les bords heureux
où Louviers est assis, fut une petite manufacture.
En 1201, l'industrie drapière y existait déjà certainement, car nous voyons que, le 7 juillet de cette
année-là, Étienne du Mesnil vend à Gautier son
moulin à foulon. Et ce devait être une industrie déjà
grosse en 1228, car les tarifs de la douane de Mar-
seille, une ville bien plus éloignée en ce temps-
là qu'aujourd'hui, font mention des droits qu'y
payaient alors les draps de Louviers.

Elle a vécu depuis lors jusqu'à nos jours, avec
des alternatives de fortune et de revers. Elle pros-
péra d'abord et s'accrut notablement jusqu'à ce que
la guerre portée aux XIVe et XVe siècles, et répandue
sur presque tout le territoire de la France, vînt
visiter la pauvre ville. Les Anglais l'assiégèrent
plusieurs fois, et chaque fois y rencontrèrent la
plus valeureuse et la plus patriotique résistance.
Chaque fois aussi ils la pillèrent avec la fureur
d'un ennemi exaspéré, et la récompensèrent de sa
vertu par le massacre, comme c'est la coutume de
la guerre.

En 1441, au sortir de ces désastres où la France a
failli disparaître, le roi Charles VII donnait à Louviers le nom de Loviers-le-Franc, parce que ses
habitants avaient toujours été *vrais* et *loyaux* et
n'avaient jamais *varié* ni *vacillé*, et il lui octroyait de
magnifiques priviléges largement gagnés et surtout
bien chèrement payés.

Payés par la ruine de son industrie qui parut irré-
médiablement frappée et qui, sans périr toutefois,
languit pendant près de deux siècles. Elle dut aux
sollicitudes et à la protection de Colbert une sorte
de résurrection. Alors un vent de prospérité souffle
de nouveau sur la ville. L'industrie prend un développement et un essor considérables, et, pendant
plus de cent années, grâce à une fabrication habile
et loyale elle fonde, soutient et porte au loin la
renommée des draps fins de Louviers.

Au commencement de notre siècle, nouvelle
épreuve : une crise terrible fond sur elle. En 1826,

tous les manufacturiers sont ruinés, et ceux à qui
restent des établissements, désormais vides, et des
forces inactives, sont réduits à se faire filateurs ou
foulonniers.

En 1832, quelques conjonctures heureuses furent
saisies habilement par plusieurs industriels que le
désastre avait paralysés, mais non abattus, et ces
heureux efforts rouvrirent à l'industrie de Louviers
une ère nouvelle de prospérité et de succès. Ère
bientôt fermée par les traités de commerce de 1860.
Depuis que ces traités pèsent sur tant d'industries
françaises, celle de Louviers se sent, comme
toutes les autres, appesantie dans sa marche et
arrêtée dans son élan. Ce n'est pas seulement par
leurs stipulations que ces traités sont funestes,
c'est encore par leur courte durée qui n'assure pas
l'avenir, c'est par la lenteur avec laquelle on les
remplace quand ils sont expirés, c'est enfin par l'indécision qu'on apporte à les renouveler, indécision
qui est de bonne foi, sans doute, mais qui n'en est
pas moins regrettable.

Quelle résolution sortira de si longues hésitations
et des délibérations aujourd'hui pendantes? Nous
ne savons, mais l'état d'incertitude auquel les industries sont condamnées est déjà un mal intolé-
rable, et s'il dure, plus d'une sera morte avant que
de nouveaux traités la tuent.

Les manufacturiers de Louviers souffrent de ce
malaise universel et attendent avec angoisse l'arrêt
qui doit les affranchir ou les frapper. En attendant,
ils luttent contre toutes les causes de ruines qui les

environnent, et cherchent à conjurer la mauvaise
fortune par des merveilles de fabrication.

Les envois qu'ils ont faits à l'Exposition universelle en témoignent avec éclat. La ville de Louviers
a pu s'enorgueillir des couleurs de son drapeau, et
elle peut citer avec joie les noms de ceux qui l'ont
porté. C'étaient MM. Noufflard et Cie, Poitevin et
fils, Amette, Vilcoq et Eustache, Aubert et Selle
pour la fabrication des draperies; M. Baril comme
filateur, M. Pelletier-Hélant comme filateur de
déchets de laines cardées, Mme veuve Mercier et
L. Mercier comme constructeurs de cardes et d'outillages industriels, M. Calvet-Rognat et M. Fresné
comme fabricants de garnitures de cardes. A leur
tête, M. G. Dannet, chargé par eux de défendre les
intérêts de l'industrie locale. Il faut nommer encore
MM. Audresset et fils, manufacturiers considérables, dont l'établissement, avec son industrie spéciale, est aussi une des richesses de la ville.

Les laines de France étaient, dans le courant du
siècle dernier, à peu près les seules qui fussent
employées dans la fabrication des draps de Louviers.
Plus tard, l'Espagne a importé quelques laines, qui
étaient de beaucoup supérieures à celles qu'elle produit aujourd'hui. Les importations en ont augmenté
rapidement, mais l'établissement de droits énormes
qui se sont successivement élevés jusqu'à 22 p. 100,
les ont aussi rapidement fait décroître. Plus tard
encore, l'Allemagne a envoyé ses belles laines de
Saxe, de Hongrie, de Moravie, avec lesquelles on
fabriquait les draps extra-fins, jusqu'en 1840. A

cette époque, les draps extra-fins ont commencé à disparaître de la consommation pour faire place aux étoffes dites *nouveautés*. Cette fabrication obtint un immense succès et donna une extension énorme à la production française. La fabrique de Louviers prit largement sa part de cet accroissement, et put subvenir aux exigences de la clientèle par les arrivages des laines de Sydney pour les qualités fines, et de Buenos-Ayres pour les genres ordinaires. La réduction, puis la suppression des droits sur les laines ont donné aux importations d'Australie et d'Amérique des développements qui semblent ne devoir point rencontrer de limites.

Pendant que les modes d'approvisionnement s'étendaient, grâce aux moyens de transport plus rapides et plus puissants, les procédés de fabrication recevaient des perfectionnements simultanés, activaient la production dans des proportions considérables et abaissaient symétriquement le niveau des prix de revient et des prix de vente. Jadis on filait, on tissait, on tramait à la main, on foulait au pied. Aujourd'hui l'ouvrier ne touche plus à rien, pour ainsi dire ; tout se fait mécaniquement.

Ces transformations ne se sont pas toujours faites sans blesser des intérêts et sans susciter des plaintes. Quand Guillaume de Bigars, seigneur d'Écrosville, établit, en 1384, un moulin à foulon, il fallait entendre les cris des ouvriers foulonniers qui foulaient au pied ! Ils se crurent tous morts, et on dut fermer le moulin. Ces émotions se sont plus d'une fois reproduites dans la longue série des perfection-

nements industriels, qui simplifiaient ou suppri-
maient la main-d'œuvre. Vers 1840, notamment,
lorsque la première *échardonneuse* fit son apparition
à Elbeuf, et qu'on la vit supprimer le triage et l'é-
pluchage à la main, les ouvriers se troublèrent, et
prirent peur. Mais les temps étaient changés, et leurs
plaintes n'ont pas fait disparaître l'échardonneuse,
comme autrefois le moulin à foulon de Guillaume de
Bigars. Cette machine a disparu pourtant, mais elle
a disparu devant un perfectionnement nouveau et
non pas sous le coup des clameurs.

Nous aurons occasion, en visitant l'établissement
Veuve Mercier et L. Mercier, et en indiquant les
divers organes d'un assortiment de cardes, de donner quelques détails sur le traitement que subit la
laine pour passer de l'état de toison à celui de vêtement. Disons seulement ici que la laine est tout
d'abord plongée dans un bain qui la débarrasse par
une action chimique de tous les corps végétaux dont
elle était chargée. C'était précédemment le travail de
l'échardonneuse.

Après le nettoyage, le dégraissage. Une machine
prend la laine, la plonge dans un bain chauffé à la
vapeur, la presse et on extrait tout le liquide chargé
de suint, et la jette dans la rivière dans de grandes
cuves circulaires où elle est remuée sans relâche.
Autrefois un ouvrier agitait la laine dans la rivière
avec un bâton : c'est ce qu'on appelait le lavage au
bâton.

Après le lavage, la teinture.

Puis le cardage. — Le plus heureux perfectionnement qui ait été apporté au cardage, celui dont l'humanité doit le plus se réjouir, c'est, à coup sûr, l'invention des cardes à boudins continus et la suppression des loquettes, et comme conséquence celle des rattacheurs de bely. Les loquettes étaient des boudins d'une longueur de 0m,80 environ, qui de la carde devaient passer au bely, et que des ouvriers (c'étaient les rattacheurs de bely) rattachaient les uns aux autres par une torsion lestement faite à la main. Ces ouvriers, c'étaient toujours des enfants, et leur métier était bien le pire des métiers. Il était abrutissant, d'abord ; ce n'était rien, si ce n'eût été que cela. Mais il exigeait une attention continuelle, qu'il était impossible d'obtenir des enfants, et les moindres distractions entraînaient des malfaçons qui amenaient à leur tour des châtiments corporels fréquents. Ce n'est pas le bely qui était redoutable, c'était le contre-maître. Les pauvrets avaient la vie bien dure, et l'invention de la carde à boudin continu a été pour eux une délivrance.

Lorsqu'on filait la laine au rouet, imagine-t-on l'admiration qu'on dut avoir pour les *petites chasses*, qui portaient 40 à 60 broches, et qu'un ouvrier manœuvrait toutes ensemble, faisant ainsi à lui seul l'ouvrage de 60 personnes? Aujourd'hui les métiers de toute filature bien outillée portent 500 broches et marchent mécaniquement, régulièrement, sans ralentissements ni accélérations, et font tout seuls un travail incalculablement plus rapide, infiniment supérieur, absolument parfait.

Le tissage se fait par machines comme tout le

resto. La découverte de *l'armure* Jacquart et son application aux métiers de tissage des draps a donné naissance à la fabrication des étoffes dites *nouveautés*.

Le foulage, le lainage, le tondage sont aujourd'hui des opérations automatiques; autrefois elles se faisaient, comme tout le reste, à la main, bien plus longuement et plus imparfaitement. Il y fallait des talents, encore! Et ce n'étaient pas de petits messieurs autrefois que les ouvriers tondeurs, ni des collaborateurs commodes surtout. Actuellement la tondeuse fait docilement en cinq minutes ce que le plus habile ouvrier d'alors et le plus indiscipliné mettait quatre jours à faire.

Ces prodigieux progrès introduits dans les procédés de fabrication des étoffes ont eu des conséquences économiques considérables. Une pièce d'étoffe qu'on mettait jadis 6 mois à faire, se fait en 20 jours aujourd'hui. Et quoique les salaires soient beaucoup plus élevés, la main-d'œuvre a été tellement simplifiée et diminuée par l'emploi des machines que le prix de revient ne s'élève pas à plus du tiers peut-être du prix d'autrefois.

Nous ferons donc bien, tout compte fait, de ne pas nous associer aux fureurs des foulonniers au pied de 1384 et des éplucheurs de laine de 1840. Le progrès est invincible et bienfaisant; il ne faut ni le combattre ni le maudire. Ce serait vainement d'ailleurs, et sa marche ne s'arrête pas devant un gémissement ou une colère.

C'est surtout dans le domaine de l'industrie que

son action s'exerce et se fait sentir. Nous le rencontrons dans toutes les usines : il en est le dieu. Celles de Louviers lui ont voué un culte plein d'intelligence et d'ardeur, et en les parcourant nous allons en rencontrer partout l'image et partout l'amour.

CLASSE 32. — FILS ET TISSUS DE LAINE PEIGNÉE.

MM. AUDRESSET ET FILS.

MM. Audresset et fils ne font pas partie de l'industrie drapière de Louviers. Ils ne se rattachent, du reste, à aucune autre. C'est une industrie toute spéciale que la leur. Elle consiste dans le peignage mécanique, la filature et le tissage de la laine et du duvet de cachemire des Indes. On ne compte guère en France, en Europe même, que quelques maisons qui s'y consacrent. Encore ne se livrent-elles pas comme eux à l'importation de la matière première. La difficulté des marchés à passer dans le fond de l'Asie pour se procurer les laines du Thibet, les mécomptes que font souvent éprouver des agents ou correspondants que la distance soustrait à tout contrôle, l'habileté plus grande peut-être qu'exige le traitement de la matière première, l'art et l'expérience qu'il faut mettre à fixer les mélanges et à composer les tissages, sont les causes principales qui ont sans doute éloigné les industriels d'Europe et laissé à MM. Audresset et fils la possession presque exclusive de l'industrie qu'ils ont fondée. Cependant,

depuis l'Exposition universelle de 1878, le succès
obtenu par les produits qu'ils y avaient envoyés,
semble avoir développé chez plus d'un le désir d'en-
treprendre une fabrication semblable, et aura valu
à ces messieurs l'honneur et le péril de compter
bientôt un assez grand nombre d'imitateurs. Quoi
qu'il en soit, ils ont le mérite d'avoir créé leur
industrie, et d'en être restés les représentants les
plus éminents comme aussi les plus considérables.

M. Audresset père était entré dans les affaires
en 1836. Il avait monté une filature et travaillait
à façon. Il s'était distingué comme filateur par la
bonne qualité de ses produits, et s'était fait connaître par divers perfectionnements qu'il avait
introduits dans l'outillage. Il avait inventé notamment une carde à boudins continus qui supprimait
l'affreux travail des rattacheurs de bely. Mais il ne
tarda pas à supporter impatiemment le calme d'une
industrie qui était sans péril et qui lui paraissait
sans gloire. Il entreprit la fabrication des châles
brochés. C'était en 1845. Son expérience, son habileté, sa bonne renommée rendaient la réussite certaine. Mais il fut atteint par la crise de 1847, enve-
loppé par la tourmente de 1848, et vit sa ruine en
un moment consommée.

Il lui fallut alors réparer le désastre du passé et
recommencer la vie. Il n'y manqua pas. Dès 1849,
il s'associa avec ses deux fils, Jules et Victor, et fonda
l'établissement que nous voyons aujourd'hui si pros-
père. En dix années, les dernières traces des ruines
de 1848 avaient disparu, et la fortune, lasse d'être

injuste, avait enfin accordé à MM. Audresset et fils,
les faveurs qui sont dues à l'activité, à l'intelligence
et à la loyauté réunies.

En 1849, la peigneuse mécanique venait d'être
inventée : une machine qui sépare, dans la laine, les
filaments longs des filaments courts, rejette ceux-ci
avec tous les gratterons dont la laine est chargée, et
range parallèlement les autres en un ordre parfait,
comme les cheveux d'une longue chevelure. C'est
de cette prodigieuse machine, due au génie de l'Al-
sacien Josué Heilmann, que M. Audresset père eut
la pensée d'utiliser le travail, et c'est elle qu'il intro-
duisit la première dans ses ateliers.

La maison Audresset et fils avait embrassé d'abord
l'industrie de la laine peignée en général, peignage,
filature et tissage. Elle tirait principalement ses
matières premières de l'Australie, du Pérou, du
Chili, de la Plata, et produisait les articles de Roubaix et de Reims, mousseline-laine, cachemires
d'Écosse, cachemires français, et les tissus mérinos
pour châles unis.

Quant aux tissus cachemire des Indes, ce ne fut,
dans les premières années, qu'une branche secondaire de sa fabrication. Elle eut un mal infini à les
faire entrer dans le commerce et dans la consommation. Ce n'est guère que depuis une dixaine d'années qu'elle y est parvenue ; mais alors avec un succès
si complet qu'aujourd'hui cette branche de fabrication a absorbé les autres, et que la maison ne travaille presque plus que la laine de Kachemir.

Elle tire ses matières premières du Turkestan, de

la Perse, de la Chine, de la vallée de Kachemir, de toutes les contrées, enfin, où se rencontre la chèvre du Thibet. Elle emploie aussi la vigogne du Pérou.

Le peignage est parfois rendu impossible par les sensibilités électriques de ces laines. Lorsque le temps est sec surtout et que le vent vient du nord, il faut absolument suspendre le travail. Les filaments crépitent et se tordent sous les cardes, et sautent entre leurs dents comme s'ils étaient vivants. Quand ils ont été exposés au soleil pour être séchés et qu'on touche les écheveaux, on reçoit une décharge comme si l'on touchait le fil d'une pile.

L'établissement fondé à Louviers ne tarda pas à être insuffisant et l'immense développement que prit bientôt leur industrie força MM. Audresset et fils à fonder des établissements auxiliaires dans les départements du Nord et de l'Oise, à Saint-Souplet, à la Haie-Moneresse, à Crévecœur-le-Grand, soit pour la filature, soit pour le tissage. Ils ont, en outre, une maison de vente à Paris, et c'est là qu'ils livrent directement leurs produits à la consommation.

Ces différents établissements sont servis par des appareils à vapeur et hydrauliques. Ils font mouvoir plus de 600 métiers, et occupent environ 1,500 ouvriers. M. Audresset père et M. Victor Audresset ne sont plus là pour prendre leur part du travail considérable que réclame cette vaste entreprise. Tous deux sont morts, et M. Jules Audresset reste seul pour en diriger la marche, en surveiller le fonctionnement, pour tenir la fabrication au courant

et à la tête du mouvement commercial, pour porter
enfin le lourd fardeau de la raison sociale : Audresset
et fils.

M. Jules Audresset, pour rendre la surveillance
moins difficile et diminuer la fatigue qu'entraîne la
dispersion de ses divers établissements, projette de
les réunir tous et de les centraliser autour de la
maison mère de Louviers. Déplacement qui n'est pas
de peu d'importance : c'est un vaste emplacement à
couvrir de constructions, c'est toute une population
ouvrière à y établir, c'est toute une ville à fonder.
M. Jules Audresset y semble résolu et nous devons
espérer que rien ne viendra traverser ses desseins.
Car le département de l'Eure et la ville de Louviers
ne peuvent que se réjouir d'un projet qui leur promet
un surcroît de vie et d'activité industrielle.

Ce n'est pas seulement par le salaire, c'est aussi
par le bienfait que les grandes industries répandent
l'aisance autour d'elles et sont une richesse pour les
contrées où elles s'établissent. Les grands industriels
ont à cœur, pour la plupart, de faire voir qu'ils sont
dignes de leur rang et que leur générosité est à la
hauteur de leur fortune. M. Audresset a fait sa
preuve à cet égard, et la ville de Louviers lui doit
notamment l'Œuvre des malades alités à domicile,
dont il a doté le budget et assuré le service au moyen
d'une rente sur l'Etat. Cette œuvre procure à tous
les indigents de la ville, en cas de maladie, les
soins du médecin, les remèdes, le linge, les lits, la
literie, enfin tout ce qu'il faut pour être malade chez
soi sans avoir recours aux établissements hospita-

liers dont la pensée inspire à tant de malheureux de
si douloureuses répugnances. C'est une extension
généreusement faite à tous les pauvres de la ville,
d'une institution primitivement créée au profit
exclusif des ouvriers de la maison.

Puisqu'une digression nous a éloignés de l'industrie de M. Audresset, nous nous laissons tenter par
une digression nouvelle, et nous voulons dire un
mot de ses travaux agronomiques. Comme s'il n'a-
vait presque rien à faire, M. Audresset, qui a sept
ou huit usines à surveiller et 1,500 ouvriers à conduire, a entrepris la mise en valeur d'un terrain de
360 hectares faisant partie du domaine du Mesnil-
Jourdain. C'était un sol d'argile, de silex et de
marne, envahi presque partout par des bruyères
touffues, parmi lesquelles un bois chétif et clair-
semé dont le rendement couvrait à peine les frais
d'exploitation et de garde, et les impôts. Il en
devint propriétaire en 1876, et sur-le-champ y fit
des essais qui ont merveilleusement réussi.

Il a fait planter et semer des pins sylvestres,
des pins noirs d'Autriche dans toutes les parties
qui étaient dépouillées de bois, et les résultats
obtenus aujourd'hui lui font déjà voir dans un pro-
chain avenir une forêt épaisse et touffue couvrant
ces terrains stériles, naguère encore à peu près
dénudés.

Les plantations consistaient en plants de 2 ans
repiqués à la pioche. Les semis ont été faits soit à
la volée, soit en potées, soit à la herse. A la volée,
les graines étaient jetées sur la bruyère, au hasard,

sans aucun travail préparatoire, les pluies se chargeant de les faire arriver jusqu'à terre. En potées, grands ou petits, les bruyères étaient coupées à la pioche sur un espace de 1 mètre sur 0^m,30 ou de 0^m,50 sur 0^m,10 ; le sol était remué légèrement au râteau, et la graine y était semée. A la herse, les plus longues bruyères étaient coupées, le terrain était hersé avec une herse à dents métalliques et la graine jetée dans le terrain ainsi préparé. Tels sont les travaux qui ont fertilisé une terre ingrate, couvert un désert d'arbres vigoureux, et augmenté dans la mesure de l'action exercée la richesse agricole de notre pays.

M. Audresset est un propriétaire intelligent, ami du progrès et des améliorations, mais il ne se donne pas pour un agronome savant, et ne se pique pas de l'être. Seulement il sait s'éclairer sur les choses qu'il ignore, demander des conseils, distinguer les bons et les suivre. Dans son entreprise agricole, il a eu recours aux lumières de M. Leguay, sous-inspecteur des forêts à Louviers, qui déjà avait rendu de sérieux services pour l'amélioration des terres incultes du département de l'Eure, et dont il estime à un haut prix et l'obligeance et la capacité.

Mais revenons à notre véritable objet.

Les produits que M. Audresset livre au commerce consistent en fils pour la bonneterie, et en tissus de cachemires pour robes et vêtements de dames.— Le montant de sa production annuelle était à l'origine de 250,000 fr. environ. Il s'élève aujourd'hui à près de

5,000,000. Sur cette somme, il y a les neuf dixièmes, peut-être, de fils et tissus de cachemire ; le dernier dixième est pour les mérinos, cachemires d'Ecosse et autres tissus de laine peignée.

Les cachemires de la maison Audresset sont admirables pour la finesse de leur tissu, la variété et le bon goût de leurs couleurs et de leurs dispositions. Les échantillons qui ont été exposés au Champ-de-Mars y ont reçu l'accueil qu'ils devaient attendre et ont été appréciés comme produits hors ligne.

La maison a plus d'une fois pris part aux grands concours industriels, et toujours elle y a mérité des distinctions et des récompenses. En 1851, elle a obtenu une médaille de seconde classe à l'Exposition universelle de Londres ; à celle de Paris, en 1855, une médaille d'argent ; à celle de Londres, en 1862, une médaille de prix ; à celle de Paris, en 1867, une médaille d'argent. En 1878, enfin, le jury des récompenses de l'Exposition du Champ-de-Mars lui a décerné une médaille d'or et, de plus, M. J. Audresset a été nommé chevalier de la Légion d'honneur.

CLASSE 33. — FILS ET TISSUS DE LAINE CARDÉE.

M. G. DANNET, A LOUVIERS.

A tout seigneur, tout honneur. En commençant la série des exposants appartenant à l'industrie drapière de Louviers, nous devons parler d'abord de M. G. Dannet.

M. G. Dannet est une des notabilités industrielles les plus considérables de Louviers, et la maison qu'il dirige une des plus importantes de notre pays. Placé, tout jeune encore, à la tête d'un établissement de premier ordre, il s'est montré tout de suite à la hauteur de sa tâche. L'œuvre de ses prédécesseurs, MM. Ch. Dannet et Jacques Dannet n'a pas périclité dans ses mains, et, aujourd'hui, à l'âge où l'on brigue les récompenses, nous le voyons chargé de les distribuer aux plus dignes, mis hors concours, et choisi pour être juge de ses pairs. Nous le voyons investi par la confiance de ses concitoyens, de la délicate mission de défendre leurs intérêts industriels contre des compétitions redoutables ou des entreprises injustes, et méritant leur unanime applaudissement pour les avoir vaillamment et heureusement défendus.

La maison a été fondée par M. Jacques Dannet en 1819. Elle ne tarda pas, grâce à l'habileté de son chef, à conquérir un rang distingué parmi les établissements similaires et à se faire une renommée pour l'excellence de sa fabrication, et aussi pour les innovations heureuses qu'elle introduisait dans l'industrie drapière.

Les affaires s'accroissaient rapidement, et la fortune paraissait définitivement fixée. Elle ne l'était pas cependant, et M. Dannet devait connaître les mauvais jours. Mais l'épreuve n'a servi qu'à tremper son caractère et à mettre en relief ses solides qualités. Lorsque la ville de Louviers, il y a quelques cinquante ans, subissait la longue crise qui ruinait son industrie, décourageait ses meilleurs manufacturiers, et réduisait ses fabriques à travailler à façon pour compte d'autrui, M. Dannet fut des premiers à reprendre courage et à rentrer dans la carrière. Ses efforts, joints à ceux de quelques-uns de ses compatriotes, ont ressuscité l'industrie de la ville, et contribué à lui rendre une prospérité et un mouvement qui semblaient à jamais perdus.

Depuis lors, il ne cessa de travailler à perfectionner ses produits, soit en adoptant avec empressement les meilleurs outillages, soit en variant sa fabrication et notamment en l'étendant aux tissus *nouveautés*. Depuis lors aussi, il prit part à toutes les expositions et y remporta les plus brillantes récompenses. En 1839, il était nommé chevalier de la Légion d'honneur, et cette dernière distinction couronnait sa carrière industrielle.

Son fils, M. Ch. Dannet, lui succéda et continua son œuvre. C'est à lui surtout que la maison doit le développement de la fabrication des étoffes de fantaisie, dont la finesse, le bon goût et l'inépuisable variété ont mérité et conquis une véritable renommée et attiré une clientèle qui semble chaque jour s'accroître.

M. Ch. Dannet figura, comme son père, dans tous les concours importants, et ses produits méritèrent partout les distinctions les plus flatteuses. En 1859, vingt années après son père, ayant épuisé comme lui toutes les récompenses industrielles, il était, à son tour, nommé chevalier de la Légion d'honneur.

Après ces deux règnes brillants, le pouvoir est aujourd'hui aux mains de M. G. Dannet. L'excellence des produits, le mouvement des affaires, les succès familiers, rien n'a éprouvé de défaillance. Il semble que les prédécesseurs en transmettant leur établissement aient communiqué aussi leurs talents pour le bien conduire. C'est une dynastie heureusement douée que celle qui, depuis soixante ans, gouverne cette heureuse et noble maison.

L'établissement a deux usines servies par une machine à vapeur développant soixante-quinze chevaux de force. La production annuelle est de 1,500,000 francs environ.

Nous ne rappellerons pas ici toutes les récompenses remportées par MM. Dannet. Nous voulons signaler seulement la médaille de première classe remportée à l'Exposition universelle de Paris, en 1855, et la médaille de prix obtenue à l'Exposition universelle de Londres, en 1862.

En 1878, M. G. Dannet faisait partie du jury des récompenses, et était par conséquent hors concours. Il ne recevait pas de médailles : c'est lui qui les donnait.

M. LÉOPOLD BRETON, A LOUVIERS.

M. Breton est à la tête d'une fabrique très-importante de draps et nouveautés dont l'existence n'est

pas encore bien longue, mais qui a déjà su se faire
un passé.

Elle a été fondée, en 1857, par le propriétaire
actuel. Elle a commencé par un chiffre d'affaires de
quarante mille francs environ. Elle fait plus de
deux millions aujourd'hui.

Ces chiffres disent assez de quel esprit d'entreprise
et de quelle ardeur d'agrandissements M. Breton est
possédé.

Aujourd'hui, outre sa filature de Louviers il a une
filature de laine cardée et une usine à foulon situées
à Authouillet. Ces établissements sont servis par
trois machines à vapeur fournissant ensemble une
force de cent trente chevaux, et par quatre roues
hydrauliques donnant cent dix chevaux de force.

Leur outillage est considérable et des plus perfec-
tionnés. Dans la filature d'Authouillet: loups, cardes,
filatures, machines à retordre, bobineuses mécaniques, ateliers de réparations, forge, tour, etc; dans
l'usine à foulon d'Authouillet: dégraisseurs, fouleu-
ses, mouveuses à terre et à savon, essoreuse; dans
la manufacture de Louviers: essoreuse, batteries,
ourdissoirs, sécherie, échardonneuse, encolleuse,
trameuse, bobineuse, cinquante métiers à tisser,
rameuse, machine à velouter, laineries, tondeuses,
calandreuse, machines à décatir, ateliers d'échan-
tillonnage, ateliers d'épincetage, presses à chaud
et à froid.

Les établissements emploient quatre cent cinquante
ouvriers à l'intérieur et cent soixante tisserands au
dehors.

Les matières premières qui y sont travaillées, sont toutes des laines étrangères, de Buenos-Ayres, Australie, Russie.

M. Breton a eu à cœur d'être non-seulement un industriel, important, mais encore un producteur d'élite. Aussi dès 1859, à l'Exposition de Rouen, il obtenait une médaille; il en obtenait une encore à l'Exposition universelle de 1867. Enfin, à celle de 1878, où il avait envoyé des draps et nouveautés de sa fabrication courante il a remporté une médaille d'or. — De plus, il a été accordé une médaille d'argent à M. L. Ribourg, contre-maître de la maison; une médaille de bronze à M. Caresme, monteur; une mention honorable à M. Caillot, échantillonneur.

MM. NOUFLARD ET Cⁱᵉ, A LOUVIERS.

Cette maison, déjà ancienne dans l'industrie manufacturière de Louviers, y occupe depuis longtemps un rang distingué et une situation élevée. Jusqu'en 1873, elle était installée dans un établissement situé dans l'intérieur de la ville; mais à cette époque la nécessité de s'agrandir la contraignit à changer de place. Elle a acquis dans le faubourg Saint-Germain, à Louviers, une usine importante, et y a transporté sa fabrication.

Cette usine a un passé : c'est chez elle que fut filé au métier, en France, le premier fil de coton; c'était le 25 février 1785. On l'appelait alors *la Mécanique*, et la rue qui y conduit, s'appelle encore aujourd'hui la rue de la Mécanique.

Une partie des ateliers a été consacrée par MM. Nouflard et Cⁱᵉ à la filature de la laine, l'autre à la fabrication des draps.

La force dont ils disposent, consiste en un appareil hydraulique de 25 chevaux et en une machine à vapeur d'une puissance égale.

Les produits qu'ils ont envoyés à l'Exposition étaient simplement des échantillons de leur fabrication courante, c'est-à-dire des articles de draperie et nouveautés pour hommes et pour femmes. Ils s'y faisaient remarquer par la qualité de la matière employée, le goût de la composition et le soin de la fabrication. Du reste, c'est par ces supériorités réunies que MM. Nouflard et Cⁱᵉ ont su monter au rang qu'ils occupent, et c'est par elles qu'ils savent s'y maintenir.

En 1873, ils déménageaient pour s'agrandir. Aujourd'hui les voilà obligés de s'agrandir encore. S'ils veulent suffire aux exigences d'une clientèle toujours croissante, que le mérite de leurs produits attire et retient, il va falloir élargir « *la Mécanique* » en bâtissant des constructions nouvelles, à moins que les conditions de tarif qui s'élaborent en ce moment entre les gouvernements et qui vont être prochainement arrêtées n'étouffent chez les industriels les plus résolus toute pensée d'agrandissement.

Le jury des récompenses de 1878 a accordé à MM. Nouflard et Cⁱᵉ une médaille d'or.

MM. POITEVIN ET FILS, A LOUVIERS.

La maison Poitevin et fils a été fondée en 1829, dans un établissement hydraulique de la force de 12 chevaux environ. En 1835 elle a été transférée dans un autre établissement d'une force plus considérable, 30 à 35 chevaux. Enfin, en 1870, l'insuffisance de force motrice se faisant de nouveau sentir, MM. Poitevin et fils ont acheté l'établissement qu'ils n'avaient qu'à loyer, et y ont introduit un moteur à vapeur; de sorte qu'ils peuvent disposer aujourd'hui de 80 à 90 chevaux-vapeur environ.

Telle est actuellement l'importance de cette manufacture. MM. Poitevin et fils emploient 350 ouvriers, hommes, femmes et enfants, dont 125 dans l'intérieur de l'établissement et 225 au dehors.

Ils fabriquent des draperies et nouveautés. Les produits qu'ils ont envoyés à l'Exposition sont aussi des échantillons de leur fabrication ordinaire.

Leur outillage est complet; ils font eux-mêmes toutes les opérations par lesquelles doit passer la laine, depuis le mouton jusqu'au tailleur : teinture, cardage, filature, tissage, foulage, apprêt, etc. Ils emploient des laines de France et d'Allemagne pour les qualités fines, et des laines d'Australie et de la Plata pour les qualités ordinaires.

Leurs produits sont familiers avec les distinctions et les récompenses.

Ils avaient obtenu :

En 1834, une médaille d'argent ;

En 1839, une médaille d'or ;

En 1844, un rappel de la médaille d'or ;

En 1849, un nouveau rappel de la médaille d'or ;

En 1855, à l'Exposition universelle, une médaille de 1re classe ;

En 1867, à l'Exposition universelle, une médaille de 1re classe ;

Et à l'Exposition universelle de 1878, ils ont mérité à MM. Poitevin et fils une médaille d'argent.

MM. VILCOQ ET EUSTACHE, A LOUVIERS.

La manufacture de draps de MM. Vilcoq et Eustache ne date que de trois années, et elle est déjà très-avantageusement connue.

L'usine est mue par une machine à vapeur et un appareil hydraulique ; le matériel industriel étant de date récente, est construit avec tous les perfectionnements aujourd'hui connus. Il y a des métiers pour la filature, le tissage mécanique, l'apprêt, etc.

La production de MM. Vilcoq et Eustache est annuellement de quarante à cinquante mille mètres d'étoffe de pure laine. Leurs produits sont fabriqués avec beaucoup de soin et aussi avec beaucoup de goût.

Ils ont envoyé à l'Exposition universelle des échantillons de draps noirs et nouveautés pour vêtements, et leur première apparition dans les concours industriels a été saluée par une haute marque de distinction : ils ont obtenu une médaille d'argent.

M. AMETTE, A LOUVIERS.

M. Amette fabrique, dans sa manufacture de draps, deux genres de produits :

1° L'article courant pour vêtement complet et pantalon ;

2° Le genre twine.

Il y emploie toutes laines de qualité supérieure, sans mélange. Ses nuances sont bon teint et petit teint.

Ce sont des échantillons de cette fabrication qu'il a envoyés à l'Exposition universelle.

Son établissement n'existe que depuis 1875. C'est lui qui l'a fondé. Il consiste en un tissage mécanique servi par un moteur hydraulique et un établissement séparé où il a installé ses bureaux, magasins, comptoirs, montage, ourdissage, épincetage, rentrayage, etc.

Il occupe, tant à l'intérieur qu'au dehors, une cinquantaine d'ouvriers des deux sexes, et sa production s'élève à environ 250,000 fr. par an.

Ses produits qui n'avaient encore figuré dans aucun concours, ont affronté pour leur début le plus grand et le plus redoutable de tous, une exposi-

tion universelle à Paris. Ils y ont été accueillis avec
honneur, et le jury des récompenses a accordé à
M. Amette une médaille de bronze.

M. AUBERT, A LOUVIERS.

M. Aubert a fondé son établissement en 1865.

Sa fabrication consiste en deux genres de produits distincts :

1° Draperie similaire anglaise pour hommes ;

2° Articles pour dames.

Il n'emploie que de la laine de première qualité,
non mélangée. Toutes ses nuances sont bon teint ;
ses étoffes sont fabriquées sans envers. Les travaux
de son usine sont le dégraissage, le tissage, le foulon, l'apprêt et tous les accessoires.

L'opération du dégraissage est faite sur les fils ;
le coloris du tissu a plus de fraîcheur et de netteté.

M. Aubert fabrique environ pour douze cent mille
francs de produits par an. Il emploie 120 ouvriers,
tant dans l'usine qu'au dehors. L'usine est servie
par une force de 30 chevaux vapeur.

Depuis son origine, cette maison s'est toujours
tenue au courant des progrès qui se sont successivement produits dans l'industrie lainière ; sa fabrication n'a jamais été négligée ni médiocre. Elle
s'est attachée surtout à perfectionner les tissus genre
anglais qui lui semblent susceptibles d'un dévelop-

pement important et d'une consommation beaucoup plus considérable qu'elle n'est aujourd'hui.

Les échantillons envoyés par elle à l'Exposition du Champ-de-Mars représentaient les deux genres de fabrication auxquels elle se consacre, et leurs mérites y ont été sérieusement appréciés.

En 1867, deux années après la fondation de sa maison, M. Aubert se présentait à l'Exposition universelle de Paris et y obtenait une mention honorable. A celle de 1878, il a obtenu une médaille d'argent.

M. SELLE, A LOUVIERS.

M. Selle est un nouveau venu dans l'industrie manufacturière de Louviers. Il a fondé son établissement en 1876.

Il fabrique des draps pour pantalons, des retors pour habillement complet, et une spécialité de veloutés pour exportation.

Il dégraisse ses tissus sans terre, et dans l'opération du foulage il emploie la soude et supprime le savon.

Il a contribué à l'éclat et concouru à la gloire de l'exposition de Louviers. Il a en même temps travaillé à la sienne, car les produits, qu'il a envoyés au Champ-de-Mars lui ont mérité une médaille de bronze.

M. BARIL, A LOUVIERS.

M. Baril est filateur de laine cardée. Ouvrier, contre-maître, industriel, il doit tout à lui seul. Il était doué de ces deux qualités maîtresses qui font qu'on arrive, et sans lesquelles on ne devrait pas arriver, l'intelligence et le courage. Depuis le temps où il est entré si modestement dans la vie, jusqu'à l'heure actuelle où il y a atteint un rang digne d'envie, il s'est toujours et constamment élevé, passant par tous les grades de la hiérarchie sociale, escaladant avec énergie tous les escarpements et conquérant enfin bravement la position importante que nous le voyons occuper aujourd'hui.

Avec cela, obligeant et secourable, il s'empresse au-devant de ceux qui recourent à lui : il éclaire, autant qu'il peut; il conseille en tout ce qu'il sait, il signale ce qui a réussi dans ses mains pour qu'on l'imite, et ce qui a échoué pour qu'on s'en garde. Il ne refuse jamais un avis, soit sur l'édification et l'aménagement d'un établissement industriel, soit sur le mérite d'une machine nouvelle. C'est qu'il sait mieux que personne les rudes travaux que la vie impose aux hommes de bonne volonté, et il cherche à les faire profiter du savoir et de l'expérience qu'il a, lui, si péniblement amassés.

La filature de M. Baril, à Louviers, a été construite vers 1864, sur des plans qu'il a donnés lui-même. Elle occupe 110 ouvriers, et elle est ser-

vie par une machine à vapeur de 20 chevaux de
force.

L'outillage est important et d'une rare qualité. Il
contient 7 assortiments de fabrication en 21 cardes,
et 3,600 broches en métiers de 200, et renvideurs de
400. Sous l'œil d'un maître actif et exigeant, il faut
que cet outillage fonctionne d'une façon irréprochable ou qu'il reçoive des perfectionnements. Il en
a reçu plus d'un en effet, pour lesquels M. Baril a
pris des brevets qu'il a laissé tomber successivement
dans le domaine public. Il a inventé, en 1864, une
machine chargeuse qui fonctionne encore aujour-
d'hui dans son établissement, et un deuxième dé-
tacheur aux cardes boudineuses à rotafrotteur, qui a
été adopté depuis par un grand nombre de filatures.
En 1866, il inventait une machine à faire le fil moucheté. On a pu voir exposé au Champ-de-Mars, dans
la section belge, du fil moucheté à mouches très-
petites; ce fil était fait avec la machine de M. Baril.

Les produits de sa filature sont de deux espèces :
1° fils destinés à la fabrication des draps de Louviers
et d'Elbeuf de toutes qualités et de tous numéros ;
2° fils destinés à la fabrication des châles et nouveautés pour dames, depuis le numéro 8 jusqu'au
numéro 40. Ces produits sont d'une fabrication supérieure et tout à fait excellente.

La production annuelle de l'usine est d'environ
150,000 kilogrammes, et le chiffre des affaires approche de quinze cent mille francs.

M. Baril avait exposé toutes les variétés de ses
produits, fils pour draps de Louviers et d'Elbeuf,

fils pour nouveautés de dames, fils mouchetés, fils
de tous numéros, jusqu'à une finesse extrême,
jusqu'au n° 80, c'est-à-dire 80,000 mètres au kilo-
gramme.

A l'Exposition universelle de 1867, il avait obtenu
une médaille de bronze. A celle de 1878, le jury lui a
décerné une médaille d'argent. Pour bien comprendre l'importance et la valeur de cette récompense,
il faut songer que la filature est considérée un peu
comme une industrie secondaire, un simple acces-
soire de l'industrie lainière, et que les jurys ont
tendance à la récompenser avec plus de parcimonie
et moins d'éclat. Elle a pourtant bien son mérite
aussi, cette industrie de la filature, car, après tout,
le fil est l'élément substantiel de l'étoffe, et c'est
de lui que dépend d'abord la qualité. M. Baril saura
bien vous dire qu'avec du bon fil on peut encore
faire du mauvais drap, mais qu'on ne fera jamais
du bon drap avec du mauvais fil.

M. PELLETIER-HÉLANT, A LOUVIERS.

M. Pelletier-Hélant dirige une filature de laine qui
se livre à une fabrication toute particulière. Elle
carde et file des déchets de toute nature ; ce qui
permet de livrer les fils à 50 % meilleur marché que
les fils provenant de matières premières neuves.
Sans doute la qualité de ces produits ne peut être
égale à celle des fils ordinaires ; mais ils présentent
cependant encore une résistance très-convenable ;

et la différence de prix compense, et bien au delà, la différence de qualité.

Ce genre de fabrication tend à s'étendre, et on le voit progresser sensiblement à Louviers et à Elbeuf. Il doit rendre en effet de sérieux services, puisqu'il présente à la consommation des produits d'une qualité très-suffisante et d'un prix infiniment moindre.

Aussi M. Pelletier-Hélant a-t-il dû, depuis plusieurs années déjà, changer son matériel, et y apporter des augmentations et des perfectionnements qui maintiennent sa maison au niveau des progrès de l'industrie contemporaine, et qui lui permettent en même temps de subvenir et de satisfaire aux demandes toujours croissantes de la clientèle.

En dehors de cette spécialité, l'usine file également toutes espèces de matières étrangères, telles que cheviotte, poil de chameau, cachemire, coton, soie, etc.

En 1858, M. Pelletier-Hélant, à l'exposition de Louviers, a obtenu une médaille de bronze ;

En 1859, à Rouen, une médaille de bronze, grand module ;

En 1867, à l'Exposition universelle, une mention honorable.

A l'Exposition de 1878, le jury lui avait accordé une médaille de bronze. Il a cru devoir la refuser.

En outre, une mention honorable a été accordée à M. P. Dumont, mécanicien, et à Mme Leroux, dévideuse, comme collaborateurs de la maison Pelletier-Hélant.

CLASSE 34. — SOIE ET TISSUS DE SOIE.

M. HAMELIN FILS, AUX ANDELYS

M. Hamelin fils est à la tête de deux établissements, situés aux Andelys : un ouvroir et un moulinage de soie, tous deux engagés l'un dans l'autre et se prêtant mutuellement secours et appui, l'orphelinat fournissant des ouvrières à la fabrique, la fabrique étant la raison d'être de l'ouvroir.

Tous deux méritent de fixer l'attention par leur caractère, par leur importance, par le bien qu'ils font dans le pays et la richesse qu'ils y répandent, enfin par la haute situation qu'ils ont faite à M. Hamelin parmi les représentants les plus distingués de l'industrie française.

L'établissement industriel fut fondé en 1827 par M. Hamelin père, qui l'exploita, le fit prospérer pendant trente ans, et le céda, en 1856, à son fils, le propriétaire actuel. Sous ces deux habiles directions, il ne cessa de s'accroître et de grandir pour devenir ce que nous le voyons aujourd'hui.

L'établissement de bienfaisance est de création plus récente. Il ne date que de 1858, et est dû tout entier à l'initiative de M. Hamelin fils.

La manufacture manquait de monde : il lui fallait surtout de toutes jeunes ouvrières, des petites filles. Le pays n'en fournissait pas assez qui pussent venir le matin à l'atelier, et s'en retourner le soir

7

chez elles. M. Hamelin en fit venir de plus loin. Mais
alors, il dut s'occuper d'elles, les nourrir, les loger,
les soigner, les surveiller, enfin en prendre la
charge tout entière. Et comme c'était une vie heureuse et honnête qu'il leur destinait, il voulut
prendre ses jeunes recrues exclusivement parmi les
enfants pauvres. C'est ce mode de recrutement,
l'installation de ce personnel, et le régime auquel il
a été soumis qui ont constitué l'asile ouvrier des
Andelys.

On le voit, c'est une institution en même temps
industrielle et humanitaire. Pour n'être pas exclusivement humanitaire, elle n'en est pas moins digne
d'applaudissement. Ne marchandons pas à ceux
d'entre nous qui font le bien notre hommage et
notre reconnaissance, dussent-ils y trouver, par
surcroît, les joies de ce monde..... ou celles de l'autre. Ils ne sont pas si nombreux, grand Dieu! et
notre justice ne se lassera pas à les acclamer.

M. Hamelin a fait une œuvre de charité intelligente en fondant son ouvroir. Mais si le projet en
fut digne d'éloges, l'exécution en est singulièrement plus méritoire. Visitez, visitez son asile, et
les vastes constructions qu'il lui a consacrées, et
dites si la main qui a fait toutes ces choses est une
main qui calcule. Dites si les préoccupations personnelles n'ont pas été partout et volontairement
mises en oubli, et si l'industriel ne s'est pas perdu
dans l'homme de bien. Oui, ces murs portent tous la
marque, le chiffre, puisque chiffre il y a, d'un bien-
faiteur qui ne s'épargne pas. Ils témoignent tous, et

avec éclat, de la largeur d'esprit et de la générosité qui a animé et entraîné leur fondateur.

Nous disons entraîné, parce que, grâce à Dieu, les bonnes passions ont leur entraînement comme les mauvaises. Les premières idées relatives à la création de l'ouvroir ne lui assignaient pas probablement les proportions qui lui ont été finalement données, le confort et le bien-être dont il a été doté. Mais quoi! dès qu'on a mis là main à l'œuvre, on est pris comme dans un engrenage, les améliorations séduisent, les augmentations s'imposent, et des sommes énormes ont disparu, qu'on a encore une annexe à construire et la chapelle à terminer.

L'ouvroir fut d'abord établi dans un quartier de Paris, à la Glacière. En 1870, il fut transporté aux Andelys. Il ne tarda pas à être connu, et, dès qu'il le fut, à se peupler, car la misère est une riche pourvoyeuse. Aujourd'hui on y compte 350 enfants.

Pour y être admises, les enfants doivent avoir dix ans au moins, douze ans au plus, et les parents doivent prendre l'engagement de les laisser jusqu'à 21 ans.

Pendant les dix ans qu'elles y demeurent, elles sont employées aux travaux de la manufacture. — Tous les mois, on leur remet quelque faible somme pour leurs petites fantaisies ou leurs menues dépenses. — Tous les ans, le 8 décembre, jour de la fête de la maison, on leur alloue pour leur bonne conduite et leur travail dans l'année, des récompenses en argent qui varient entre 10 et 120 fr. Cet argent est

placé pour leur constituer, à leur majorité, une dot,
un petit avoir, qui atteint toujours 300 fr. et va
quelquefois à 800 fr. Tous les jours il est distrait
des heures de travail une heure et demie, qui est
consacrée à apprendre la couture, et une autre
heure et demie pendant laquelle les Sœurs donnent
des leçons et font la classe. Tous les enfants de la
ville peuvent assister, gratuitement bien entendu,
aux classes de l'ouvroir, et tous les ouvriers de la
manufacture aux leçons données par les Sœurs.

Ajoutons, pour en finir avec le régime et les
habitudes de la maison, que tous les matins elle
donne la soupe à tous les ouvriers de la manufacture, et que tous les soirs elle donne à coucher
aux ouvrières qui demeurent trop loin pour retourner chez elles.

Douze Sœurs de Saint-Vincent-de-Paul, sous la
direction d'une supérieure, ont la conduite et la
surveillance de l'établissement. Elles sont chargées
de tenir la maison et de donner aux 350 enfants tous
les soins qui leur sont nécessaires.

Elles sont merveilleusement habiles à diriger ce
jeune peuple, dont les premières impressions, en
général, n'ont pas été précisément favorables à une
moralité sévère. Elles ne le sont pas moins à tenir
la maison dans un ordre parfait.

La cuisine, l'office, la panneterie, le réfectoire
sont tenus avec un soin ! Tout y est aligné, frotté,
reluisant, on s'y mire. Les salles sont entretenues
dans une propreté admirable. L'araignée est une
bête aussi exécrée et aussi maudite que le serpent.

Elle n'y a jamais filé sa toile : nous n'oserions pas affirmer qu'on permît à un ver à soie d'y filer son cocon.

La nourriture, l'entretien du linge, la confection des habillements, le blanchissage de l'établissement, tout cela est fait par les enfants. C'est ainsi qu'elles apprennent les soins et les travaux qu'exige la tenue d'une maison : cuisiner, coudre, raccommoder, tailler, faire les vêtements, laver et repasser.

Les fourneaux de la cuisine vous ont des émanations friandes qui donnent faim ; aussi les jeunes convives qui viennent s'asseoir aux tables où sont disposés les petits couverts d'étain, ont des joues et des mines qui dispensent de tout autre témoignage, et que bien des riches paieraient pour leurs enfants plus cher qu'elles ne coûtent, car les bonnes mines s'obtiennent encore à des taux raisonnables ; c'est les mauvaises qui sont hors de prix.

Si dans la cuisine et les réfectoires tout est mouvement et vie, dans la pharmacie tout est silence et abandon. Pourtant les bocaux sont nombreux, les collections de remèdes sont considérables ; tout y est prévu : seulement, de tout ce qui est prévu presque jamais rien n'arrive, et les maladies sont rares à l'établissement. La pharmacie est ouverte à tous les ouvriers de la manufacture et même à tous les malheureux de la ville. Le médecin attaché à la maison est aussi à la disposition de tout le personnel, sans distinction.

Les dortoirs sont tenus avec le même soin prodigieux. Mais le vrai triomphe des Sœurs, c'est la gestion et l'ordonnancement du vestiaire et de la lingerie. C'est une merveille. Petites jupes, petites chemises, petits bas, petits bonnets — oh! les petits bonnets surtout, — elles ont l'art de faire avec cela quelque chose de plaisant et de charmant à voir.

Les soins moraux sont prodigués aux enfants comme les soins physiques. La surveillance incessante des Sœurs, la vie auprès d'elles, leur société sont déjà des enseignements et des pratiques d'une haute moralité. Les leçons qu'elles donnent chaque jour, les classes qu'elles font, ajoutent les bons préceptes aux bons exemples. En outre, un aumônier est attaché au service de la chapelle et aux besoins religieux de toutes les personnes qui font partie de la maison.

A 21 ans, les enfants cessent d'appartenir à l'ouvroir. A ce moment, on leur remet un trousseau, de la valeur de 200 francs, plus le produit des récompenses annuelles qu'elles ont obtenues pendant leur séjour, et elles peuvent partir ou rester à leur gré.

Un certain nombre restent dans la maison; celles qui s'éloignent retournent dans leurs familles ou se placent comme ouvrières ou femmes de chambre. Presque toutes ont conservé des souvenirs de reconnaissance pour les sœurs ou d'amitié pour de jeunes compagnes, et entretiennent avec elles une correspondance souvent active.

La manufacture est consacrée au travail de la soie. Elle reçoit les soies grèges directement de la Chine, et ces soies sont *dévidées, purgées, doublées et moulinées* par elle, pour devenir un produit à l'usage des passementiers, tailleurs et couturières, et pour la fabrication des étoffes de soie.

Les métiers sont mus par une machine à vapeur pouvant développer quarante chevaux, mais n'en donnant ordinairement que trente. Le service et la surveillance des métiers se bornent à découvrir les fils qui se cassent et à les rattacher avec prestesse. Cela ne demande aucune force, il y faut seulement de l'agilité et les enfants de l'ouvroir y font un très-bon travail. Tout le matériel nécessaire à la manufacture est réparé et entretenu dans la maison, et cette besogne occupe tout un personnel de mécaniciens, forgerons, plombiers, menuisiers, etc.

La fabrique produit environ trente mille kilo-grammes de fils de soie par an. Elle occupe plus de cinq cents personnes, soit une trentaine d'em-ployés, cent cinquante ouvriers ou ouvrières libres et les trois cent cinquante enfants de l'ouvroir. Les salaires ont monté de 15 p. 100 depuis 1867 jusqu'à 1878, et le régime de la maison doit être satisfaisant, car les ouvriers s'y attachent, et, une fois admis, ne quittent guère.

Des cités ouvrières sont adossées aux bâtiments de la manufacture; ainsi, les ouvriers n'ont pas à perdre de temps par les chemins, et le voisinage qui les fait vivre chacun sous les yeux de tous et tous sous les yeux de leurs chefs, est un puissant élément de bonne conduite et de moralité.

L'outillage a été perfectionné et s'est tenu cons-tamment au courant de tous les progrès contempo-

rains. M. Hamelin a même devancé le mouvement
et fait construire des métiers spéciaux pour travailler le *douppion* ou cocon double qui avait été
longtemps déprécié comme produit de qualité inférieure, et dont il a su faire une spécialité de soie à
coudre fort recherchée. Il a eu longtemps le monopole de cette fabrication. Aujourd'hui le douppion
est d'un emploi général, mais c'est à M. Hamelin
qu'on en doit la mise en valeur.

On voit par tout ce que nous avons dit que la
grande situation et la haute fortune de la maison
Hamelin sont des conquêtes laborieuses et des
résultats mérités.

Elle a envoyé à l'Exposition universelle des soies
à coudre teintes et écrues, produits attestant une
supériorité incontestée, produits qui ont été remarqués dans tous les concours où ils se sont présentés, et qui l'ont été dans celui-ci. La maison
Hamelin figure à toutes les expositions importantes, et depuis trente ans, elle obtient toujours
la plus haute récompense qui soit accordée à son
industrie. A l'Exposition universelle de 1878, naturellement, elle a obtenu une médaille d'or.

Un mot sur ce point, avant de terminer. Il nous
semble que la haute distinction accordée à M. Hamelin ne récompense qu'insuffisamment ses travaux
et ne répond pas à tous ses mérites. Asseoir une
manufacture sur un ouvroir, faire de l'industrie
avec de la bienfaisance, c'est pourtant un procédé
de fabrication qui méritait d'être mis hors de pair et
une invention dont le brevet est de nature à honorer

les tables de la Légion d'honneur. Le nom de
M. Hamelin devrait peut-être y avoir été depuis
longtemps porté, et l'occasion était belle de faire un
acte de justice et de réparer, en même temps, un
trop long oubli. Mais on ne s'avise pas de tout !

CLASSE 38. — HABILLEMENTS DES DEUX SEXES.

M. PAUL GAREAU, A ÉVREUX.

M. P. Gareau fabrique des galoches et des brides
de sabots. Les galoches sont des chaussures dont la
semelle est en bois et le dessus en cuir. C'est le
sabot perfectionné. Elle a comme lui la semelle de
bois épaisse qui protége contre l'humidité ; et elle
est plus légère que lui, moins dure à la marche, et
plus hermétiquement fermée sur le dessus du pied.
Les prix en sont peut-être un peu plus élevés que
ceux des sabots, et cependant l'usage s'en généra-
lise, et la consommation en devient chaque jour
plus considérable.

Aussi la fabrication est-elle à peu près constamment surmenée. De création assez récente — il a
été fondé en 1854 par M. Damour — l'établissement
de M. Gareau s'est toujours agrandi depuis lors.
Mais c'est surtout à partir de 1870, époque où il
passa aux mains du propriétaire actuel, qu'il s'est
le plus sensiblement accru. Aujourd'hui il fournit
annuellement environ cent mille paires de galoches
à la consommation.

M. Gareau fabrique également des brides de sabots, en cuir ordinaire et en cuir verni.

Tout le travail se fait à la main, excepté la couture des brides de sabots qui se fait à la machine à coudre et le sciage des morceaux de bois, dont chacun doit devenir une semelle de galoche ; ce sciage se fait à la scierie mécanique.

Les bois employés sont, pour la plus grande partie, des bois de noyer et de hêtre. La scierie les débite en fragments un peu plus longs, plus larges et plus épais que la semelle, et ce sont ces blocs que l'ouvrier évide et contourne à la forme du pied.

Les ateliers de M. Gareau occupent 60 à 70 ouvriers environ. Quelques-uns sont payés à la journée ; le plus grand nombre est à la tâche. Le salaire est convenablement rémunérateur ; un bon ouvrier peut gagner à ses pièces jusqu'à 5 fr. par jour.

Ce sont ces produits ainsi fabriqués qui ont figuré à l'Exposition universelle de 1878, et qui ont mérité à M. P. Gareau une mention honorable.

MM. QUESNAY FRÈRES, A CHARLEVAL.

La fabrique de casquettes de MM. Quesnay frères existe depuis une trentaine d'années environ. Elle a été fondée par leur père, à qui ils ont succédé.

A l'origine, cette fabrique était de proportions assez modestes, et tout le travail s'y faisait à la

main. Mais sous la direction des propriétaires
actuels, elle a pris des développements considérables, grâce surtout à l'emploi de la vapeur et à la
substitution du travail mécanique au travail manuel.
Tous les détails de la confection d'une casquette
sont faits par des machines. C'est une machine qui
coupe dans l'étoffe les divers morceaux dont elle
est faite; c'est une machine qui les rassemble et qui
les coud; c'est une machine qui garnit, qui soutache
et qui ornemente. Enfin il y a une machine chargée
du repassage et une autre qui donne à la casquette
sa tournure finale et sa dernière coquetterie. Cette
suprême opération s'appelle, dans les ateliers, du
nom expressif de *bichonnage*.

Il n'est pas jusqu'au transport des marchandises
dans les divers ateliers de confection qui ne soit fait
par machine, et un ascenseur monte et descend à
tous les étages de l'usine les matières nécessaires
au travail de chaque atelier.

Le travail des ouvriers se réduit à peu près à
servir les métiers, et à veiller à la régularité de
leur fonctionnement. Il est bien moins compliqué,
bien plus accessible à tous qu'il ne l'était autrefois,
et il est infiniment plus lucratif.

Le montage se fait en dehors de l'usine, et
MM. Quesnay y occupent des ouvriers libres qui
habitent Charleval et les villages environnants.
Tant dans l'usine qu'au dehors, ils occupent ainsi
environ deux cents ouvriers.

Ce nom de casquette semble s'appliquer assez mal
à une coiffure aussi pacifique et aussi peu conqué-

rante. Est-ce une métaphore des temps passés, une image, peut-être une ironie, qui rappelle ou qui raille le casque des gens de guerre? Nous ne savons. Quoi qu'il en soit du nom, la chose est d'un usage universel, et d'une consommation énorme.

La fabrique de MM. Quesnay frères produit en moyenne près de deux mille casquettes par jour, soit cinq à six cent mille par an. Les deux tiers de cette production sont vendus en France; le reste est expédié en Belgique, Allemagne, Suisse, Hollande et Espagne.

Ces messieurs avaient envoyé à l'Exposition divers modèles de casquettes fabriquées chez eux. Ils en avaient déjà exposé à Vienne, en 1873, et avaient obtenu la médaille de mérite. A l'Exposition universelle de 1878, ils ont obtenu une médaille d'argent : nous devons ajouter que c'est la récompense la plus haute qui ait été accordée à ce genre de fabrication.

CLASSE 40. — ARMES PORTATIVES DE CHASSE

M. V. POUPART, A GISORS.

M. Poupart, arquebusier, a fait à Paris l'apprentissage de sa difficile profession. Difficile profession en effet; il n'en est point qui demande plus d'attention, plus de conscience et plus de soins. Il n'en est point aussi qui exige plus impérieusement que l'on soit toujours au courant des progrès réalisés, et qui tienne plus en éveil l'ingéniosité des hommes qui s'y consacrent. Chaque découverte nouvelle, chaque perfectionnement entraîne presque toujours après lui quelque inconvénient imprévu auquel il faut parer et porter remède. Et si l'on songe que c'est la vie des hommes qui est en jeu, et qu'une arme à feu défectueuse peut causer de terribles accidents, on ne saurait trop louer ceux qui apportent des soins intelligents à les prévenir ou à les rendre impossibles ou plus rares.

C'est à ces préoccupations que M. Poupart a obéi dans la recherche et l'invention du système qu'il applique à ses armes de chasse à percussion centrale.

On sait que les fusils à percussion centrale tendent à se substituer aux fusils à feu latéral. L'inflammation de la poudre y est plus rapide, plus instantanée, et plus complète. Mais ils présentent un danger sérieux, et peuvent donner lieu à des méprises auxquelles on n'était pas exposé avec les anciennes armes. La tige de leurs cartouches sortant hors du canon et y faisant relief témoigne de l'état de l'arme, et il suffit d'un coup d'œil ou du toucher du doigt, à la lumière ou dans l'obscurité, pour s'assurer si elle est chargée ou vide. L'arme à percussion centrale n'offre rien de tout cela : aucun relief, aucune indication. On comprend qu'il y a là un danger permanent et terrible.

L'invention de M. Poupart a pour but d'y parer. Dès qu'on introduit la cartouche dans le canon, une petite pièce mobile y apparaît, portant le mot : *chargé*. Puis, quand le coup est parti, le mot *chargé* disparaît et fait place à une autre pièce mobile où est écrit le mot : *vide*.

Pour vérifier dans l'obscurité, à l'aide du toucher, M. Poupart adapte au fusil un percuteur qui ressort et fait relief quand l'arme est chargée, et qui rentre quand elle est vide.

Ces ingénieuses indications peuvent s'ajouter facilement aux fusils qui n'en sont point pourvus.

Nous ne saurions trop attirer l'attention sur la gravité du danger que nous venons de signaler, et sur le système de M. Poupart, qui nous paraît de nature à le conjurer ; et, en recommandant aux chasseurs de ne pas négliger la sécurité qu'il leur présente, nous croyons leur rendre un service, au moins autant qu'à M. Poupart.

Les fusils qu'il a présentés à l'Exposition universelle de 1878 ont mérité à leur inventeur une médaille de bronze. Ce n'était pas la première récompense que M. Poupart eut remportée. Il a déjà obtenu un diplôme et une médaille d'honneur de l'académie nationale et manufacturière de France et d'Italie, dont il est membre collaborateur.

GROUPE V

INDUSTRIES EXTRACTIVES. — PRODUITS BRUTS ET OUVRÉS.

CLASSE 43. — PRODUITS DE L'EXPLOITATION DES MINES ET DE LA MÉTALLURGIE.

M. LE MARQUIS D'ALBON

Les fonderies et ateliers de construction de Conches et Breteuil, appartenant à M. le marquis d'Albon, ont pour directeur M. Letaud. La maison actuelle succède à la société Roy-Duval, qui s'était établie en 1806, qui exploitait originairement les usines de Breteuil et de Lallier, et qui avait successivement acquis une dizaine d'établissements métallurgiques. Aujourd'hui la plupart de ces hauts-fourneaux sont éteints, et la fabrication de la fonte, dans cette région de notre département, se trouve concentrée dans les usines de Conches et de Breteuil.

Les matières premières, employées par ces établissements, viennent du Cleveland et de la Moselle. Ils en consomment annuellement environ 5,000 tonnes. Leurs fourneaux sont alimentés par

des cokes de Belgique. La force motrice leur est
fournie :

A Conches, par deux roues hydrauliques à augets
de la force de 15 chevaux, une machine à vapeur de
40 chevaux, et quatre petites machines à vapeur
auxiliaires, fixes et locomobiles ensemble de 40
chevaux;

A Breteuil, par une roue hydraulique à augets de
12 chevaux, et une machine à vapeur auxiliaire de
10 ou 12 chevaux.

Leur outillage consiste en machine à tarauder,
spéciale pour les obus; à aléser les lumières et les
diaphragmes des obus; à trancher les masselottes
des obus; à vider les obus; à comprimer les cein-
tures d'obus.

Leurs produits consistent :

1° En projectiles d'artillerie, dont depuis longtemps ils fournissent des quantités considérables à
l'État. Pendant les années 1875, 1876, 1877, ils lui
ont fourni 414,157 obus pesant 6,267,411 kilogrammes, le poids de ces obus variant de 3 k. 600
à 160 kilogrammes;

2° En objets divers de fonte moulée pour toutes
sortes d'usages : pour l'agriculture, charrues, rouleaux, herses, roues de traîneaux; pour la plom-
berie, corps de pompe, mascarons pour fontaines,
cylindres pour calorifères; pour la quincaillerie,
poêles, plaques de cheminée, chenets, etc.

C'est l'usine de Conches qui a fourni toutes les
fontes moulées qui composent la prodigieuse flèche
de la cathédrale de Rouen. La commande en fut

donnée en 1826, et le montage en a été terminé
seulement en 1876. Le poids total qui est entré
dans la flèche est de 675,839 kilogrammes. La
hauteur de la flèche, depuis la plate-forme de la
maçonnerie de la tour qui la supporte jusqu'au
sommet de la croix, est de 84 mètres, et la hauteur
de la tour elle-même, depuis le pavé de l'église, est
de 65 mètres. La hauteur totale de l'édifice est donc
de 149 mètres. Au-dessus de la croix, il y a le coq ;
au-dessus du coq, le paratonnerre. Du pavé de
l'église à la pointe du paratonnerre, la distance est
de 151^m,12. La pyramide de Chéops, la plus haute
de l'Égypte, a 150 mètres seulement de hauteur.

Les usines de Conches et de Breteuil emploient
320 ouvriers, soit 220 à Conches et 100 à Breteuil.
Cette population ouvrière est tout indigène. L'intelligent directeur qui la gouverne, n'éprouve aucune
difficulté à la bien gouverner. Il est à croire que
l'habileté le dispense de l'effort, et que la sagesse de
son administration est l'élément important de l'ordre
qui règne dans les ateliers. Mais il est certain aussi
que l'esprit des ouvriers est excellent, et qu'ils ne
connaissent point les suggestions funestes qui amènent les indisciplines et les grèves. Leur sort est
bon, ils en sont satisfaits, et leur salaire leur paraît
convenablement rémunérateur. Aussi beaucoup
d'entre eux passent là leur vie tout entière ; ils y
acquièrent par leurs économies une certaine aisance,
et y font entrer après eux leurs enfants ; plusieurs
s'y trouvent ainsi représenter jusqu'à la quatrième
génération. Des caisses de secours sont établies pour

parer aux détresses momentanées, et l'administration elle-même soutient spontanément ceux qui,
par suite d'accident ou d'incapacité prématurée de
travail, seraient hors d'état de subvenir à leurs
besoins.

L'exposition des usines de Conches et Breteuil
consistait en un nombre assez considérable d'objets
représentant à peu près toutes les variétés de la
fabrication :

Marches d'escalier, seuils, plaques de regard
d'égout ;

Caisses d'oranger se démontant par panneaux ;

Rouleaux plombeurs pour l'agriculture ;

Charrues montées, fonte ordinaire et fonte blanche supérieure ;

Pièces détachées de charrues et différents types
de socs ;

Roues de traîneaux, herses et charrues ;

Tuyaux de descente ;

Dauphins et petits tuyaux ;

Mascarons pour fontaines, lances et fleurons
pour grilles ;

Corps de pompe et pièces détachées de pompe
économique ;

Petits volants, — petits et grands engrenages ;

Pièces mécaniques pour machines agricoles ;

Cylindres pour calorifères ;

Poêle type de Champagne ;

Réchauds, potagers, grilles et rosaces de ven-
touses ;

Grilles à charbon, poterie normande, marmites ;

Chenets à queue, et chenets pour barre de garde-feu;

Plaques de cheminée;

Vases Médicis et vasques;

Pièces de cuivre, bronze et laiton.

Les établissements métallurgiques de Conches et Breteuil ont obtenu des médailles de bronze aux Expositions universelles de 1855 et 1867, et une médaille de vermeil à l'Exposition régionale de Rouen en 1869.

M. CHAUVEL, A ÉVREUX.

M. Chauvel a envoyé à l'Exposition :

Du cuivre jaune en planches;

Du cuivre jaune en bandes;

Des dés à coudre en acier;

Des dés à coudre en cuivre jaune;

Des anneaux en cuivre;

Des charnières en laiton pour meubles et pianos;

Des boucles en cuivre.

Ces divers produits constituent et représentent à peu près l'ensemble de ses diverses fabrications.

L'usine est située à Navarre près Évreux. Elle a été fondée en 1841 par M. Bouillant. Les commencements ont été laborieux, et c'est à force d'énergie et de persévérance que le fondateur est parvenu à vaincre les obstacles qui s'opposaient au développement et à la prospérité de son industrie. Il y a réussi, grâce à une volonté opiniâtre, et aussi grâce

au concours de M. E. Chauvel, alors son associé, et
devenu depuis son successeur. M. Chauvel n'a cessé
de travailler à augmenter et à améliorer son outillage, à la variété et à la perfection duquel l'usine
de Navarre doit le mérite principal de ses produits,
à savoir le bas prix incroyable auquel elle peut les
livrer à la consommation.

La force motrice de l'établissement consiste en
un appareil hydraulique et une machine à vapeur
auxiliaire.

Les échantillons présentés à l'Exposition universelle offraient les caractères distinctifs de la méthode
de fabrication de M. Chauvel : un grand soin, une
merveilleuse habileté, et surtout un bon marché
prodigieux dont on a peine à se rendre compte.

MM. MARGUERON ET Cⁱᵉ, A TRANSIÈRES, PRÈS RUGLES.

MM. J. Margueron et Cⁱᵉ exposent des clous et
pointes cannelées.

Leur établissement a été fondé en 1874 par
M. Chelot, et est passé en 1876 aux mains de la
société actuelle.

L'usine occupe une trentaine d'ouvriers ; elle dispose d'une force de vingt-cinq chevaux effectifs,
fournis par une roue hydraulique à niveau constant,
et produit annuellement de 450 à 500 tonnes de tous
objets concernant la tréfilerie et la clouterie.

Les clous et pointes cannelées, inventées par

M. Chelot, et brevetées en France et à l'étranger, semblent constituer une invention heureuse. Le corps de la pointe au lieu d'être rond porte des cannelures longitudinales, de telle sorte qu'une section transversale présenterait la forme d'une étoile. Voilà toute l'invention. En voici les avantages :

Les pointes cannelées ont un poids inférieur de 12 p. 100 environ à celui des pointes rondes de même numéro.

Elles présentent une résistance à l'arrachement qui est de 20 p. 100 au minimum plus considérable.

Elles pénètrent plus facilement, et exigent moins de coups de marteau.

Elles risquent moins de fendre le bois.

Ainsi, puissance d'effet, sûreté du travail, économie sur la main-d'œuvre et sur le poids.

Ces faits ont été constatés par des expériences et relevés dans un rapport des directeurs et ingénieurs des constructions navales, en septembre 1873.

Faut-il reprocher aux pointes cannelées de MM. Margueron de ne pouvoir être faites qu'avec du fer de première qualité ?

On sait combien il est difficile à une invention nouvelle de se faire accepter, et quel long temps passe souvent avant qu'elle y parvienne. MM. Margueron et Cie attendent avec confiance le succès de la leur, mais ne se confinent point dans cette fabrication. Ils font aussi des pointes fines rondes et des chevilles en fer et laiton pour chaussures.

Leur établissement n'a pas encore de noblesse,

puisqu'il n'a pas de passé, mais il est en train de s'en faire une, et la mention honorable qu'il a obtenue à l'Exposition universelle est son premier parchemin.

M. BARAGUEY-FOUQUET, A LA NEUVE-LYRE.

M. Baraguey-Fouquet a exposé :

1° Lingots de cuivre affiné, qualité spéciale pour laiton ;

2° Culots pour le martelage ;

3° Planches cuivre rouge et laiton, grandes dimensions et fortes épaisseurs, pour la grosse chaudronnerie, les chemins de fer et la marine ;

4° Planches cuivre rouge et laiton pour graveurs ;

5° Ronds cuivre rouge et laiton ;

6° Doublages cuivre rouge et laiton pour navires ;

7° Barreaux cuivre rouge et laiton ;

8° Planches demi-rouge, similor et tombac, pour la bijouterie ;

9° Fils cuivre rouge, laiton, similor et tombac, de toutes grosseurs et dimensions ;

10° Fils fins dits carcasses, planches cuivre rouge et laiton d'une très-faible épaisseur, sur grandes longueurs et largeurs.

Cette exposition embrassait à peu près toutes les variétés des produits de l'usine. Les échantillons se recommandaient tous par une incontestable habileté de fabrication qui leur permettait de lutter avec les produits semblables des usines les plus importantes et les plus renommées.

L'établissement de M. Baraguey-Fouquet, situé à Chagny et Normand, près la Neuve-Lyre, existe depuis près d'un siècle, et a été fondé par M. Baraguey-Saillard. Dès son origine, il a su conquérir une place honorable dans l'industrie de la fabrication des épingles, des pointes de cuivre, et de tous les articles de Rugles. Et, depuis cette époque, il n'a cessé de grandir et de s'accroître, tant pour se tenir au courant et au niveau des perfectionnements de l'industrie moderne, que pour subvenir aux besoins toujours grandissants de sa clientèle.

Mais il doit son principal et son plus important accroissement à l'activité et à l'esprit d'initiative de l'habile propriétaire actuel qui, en 1842, transforma complétement l'usine, la pourvut d'un outillage puissant, et la consacra désormais exclusivement à laminer, marteler, étirer et tréfiler le cuivre et ses divers alliages. Plus tard, même, en 1860, il fit construire des fourneaux spéciaux pour la fonte des minerais de toute provenance, afin de pouvoir procéder lui-même à l'affinage des cuivres destinés à sa fabrication.

Cet outillage consiste en laminoirs, fonderies, cisailles, tréfileries, machines à raboter, à tourner, à diviser. Toutes ces machines sont mues par trois roues hydrauliques et deux appareils à vapeur développant ensemble une force de 160 chevaux.

Les matières premières employées par l'établissement sont : les minerais de cuivre du Chili, les cuivres affinés de Russie, d'Amérique, de Suède, d'Australie, d'Angleterre et du Japon ; les zincs bruts de Silésie et de Sardaigne ; les plombs d'Espagne et les étains anglais.

Les usines occupent 150 ouvriers. Les salaires y sont convenablement élevés, et l'esprit du personnel est excellent.

Les principaux débouchés sont sur les marchés de France, d'Espagne, d'Italie, d'Autriche et de Russie, et ces débouchés deviennent chaque année plus larges et plus importants, non-seulement parce que la consommation générale augmente, mais aussi parce que les produits de la maison sont d'une qualité et d'un prix qui les font de plus en plus rechercher.

Ces mérites, qui sont appréciés journellement par les consommateurs, le sont aussi aux grandes solennités industrielles par les hommes expérimentés qui composent les jurys des récompenses. Celui de l'Exposition universelle de 1867 avait accordé à M. Baraguey-Fouquet une médaille d'argent. Celui de l'Exposition universelle de 1878 lui a accordé une médaille d'or.

M. F. CUBAIN, A COURTEILLES PRÈS VERNEUIL.

L'usine de M. Cubain est consacrée à l'industrie de la tréfilerie et du laminage. Elle a été fondée en 1816. En 1849, elle fut cédée par M. Boucher fils à M. Cubain, qui, en 1860, centralisa à Courteilles, dans la vallée d'Avre tous les moyens d'action de l'usine, en supprimant les établissements annexes situés à Rouen et à Chandai (Orne).

L'usine est mue par une machine à vapeur et des appareils hydrauliques. Son matériel industriel est à la hauteur de tous les perfectionnements modernes. Il consiste en laminoirs, martinets, tréfileries, fours à fondre, à affiner et à recuire le cuivre.

Les cuivres employés dans l'usine proviennent de Russie, d'Angleterre, d'Australie, des deux Amériques et de la Bolivie.

M. Cubain a envoyé à l'Exposition universelle des échantillons de ses diverses fabrications, ou plutôt des diverses opérations auxquelles il soumet le cuivre, des produits de la fonderie, du laminage et de la tréfilerie du cuivre rouge et allié.

Ces produits ont figuré avec honneur dans de nombreux concours et expositions, en 1802, en 1809, en 1819. A l'Exposition universelle de 1855, ils ont obtenu une médaille de première classe. Ils ont remporté six premiers prix dans six expositions départementales. Enfin, ils ont obtenu une médaille à l'Exposition de Londres, en 1862, et, de plus, le directeur d'alors a été nommé chevalier de la Légion d'honneur.

MM. MOUCHEL ET PÉRILLIAT, A TILLIÈRES.

L'industrie des métaux compte MM. Mouchel et et Périlliat parmi ses représentants les plus distingués.

Ces messieurs appartiennent à notre département par leur usine de Tillières.

Ils avaient envoyé à l'Exposition des objets de grosse chaudronnerie, des planches et fils en cuivre rouge, laiton et maillechort. Le public spécial et expérimenté dans les choses de cette industrie a pu apprécier le mérite de leur fabrication et la valeur de leurs produits. La curiosité du reste des visiteurs était attirée par une belle chevelure en cuivre dont les cheveux étaient si souples et si déliés que nos fins peignes d'Ezy et d'Ivry-la-Bataille y auraient passé sans s'ébrécher.

Le jury des récompenses a décerné une médaille d'or à MM. Mouch. et Périlliat.

M. FOUQUET, A RUGLES.

L'usine de M. Fouquet est consacrée aussi à l'industrie et au travail du cuivre pur et allié : fabrication de planches et tréfilerie de cuivre et de laiton.

M. Fouquet a envoyé à l'Exposition des planches et fils de cuivre et de laiton, produits de sa fabrication courante, et le jury des récompenses lui a accordé une médaille d'argent.

MM. LAVEISSIÈRE ET C⁰, A COURTEILLES.

MM. Laveissière et Cⁱᵉ occupent le premier rang dans l'industrie des métaux. Ils ne tiennent au département de l'Eure que par une portion bien peu importante de leurs vastes établissements, mais encore y tiennent-ils par là, et cela suffit pour qu'ils soient nôtres.

Leur usine de Courteilles était occupée autrefois par M. Cubain. Ils ont là une quarantaine d'ouvriers tout au plus. Cette usine qui ferait à elle seule une fortune et une réputation industrielle, n'est dans leur puissante main qu'un faible instrument de travail, apportant son contingent à la masse générale, et concourant pour une petite part à l'immense production de la maison.

Les objets exposés par ces messieurs tenaient le plus haut rang parmi les similaires, et ont obtenu la plus haute récompense, une grande médaille.

Nous ne pouvons nous étendre plus longuement sur cette maison considérable qui nous appartient pour si peu. Nous tenions cependant, puisque c'est notre droit, à lui marquer sa place parmi les Exposants de l'Eure, afin que notre liste ait tous ses noms, et surtout tout son lustre.

MM. LEMARÉCHAL ET Cⁱᵉ, A RUGLES.

Encore une manufacture consacrée au travail du cuivre, celle de MM. Lemaréchal et Cⁱᵉ. Elle fait des planches, des barres, des fils de cuivre, et le façonne de toutes manières et pour tous usages.

Ces messieurs ont envoyé à l'Exposition des fils,

des planches, des barres de cuivre et ces spécimens leur ont mérité une médaille d'argent.

MM. ONFRAY ET LANDRY, A RUGLES.

MM. Onfray et Landry appartiennent à notre département par l'établissement qu'ils ont à Rugles.

Leur industrie consiste également dans la tréfilerie du fer et du cuivre pur ou allié. Ils ont envoyé à l'Exposition universelle de 1878 des épingles en laiton et en fer, des épingles à cheveux, des fils de laiton et des fils de fer. Ils ont obtenu une médaille de bronze.

M. PIEDFER-COHUE, A LA GUEROULDE.

M. Piedfer-Cohue a envoyé à l'Exposition du Champ-de-Mars des objets de ferronnerie et de taillanderie, des pinces, des tenailles, des tricoises. Cette maison recommandable par la bonne qualité de ses produits et la loyauté de sa fabrication, a pris et tenu à l'Exposition un rang distingué, et le jury des récompenses lui a décerné une médaille de bronze.

CLASSE 47. — PRODUITS CHIMIQUES ET PHARMACEUTIQUES.

M. GERVAIS-ROUSSEL, À LA FERRIÈRE-SUR-RISLE.

M. Gervais-Roussel a inventé et exposé une teinture noire en tablettes pour teindre soi-même. Il a pris un brevet pour son invention qui peut rendre de réels services.

Elle offre ce triple avantage : de permettre de teindre soi-même, et d'éviter les courses chez le teinturier, et les délais qu'il y faut subir; de supprimer la main-d'œuvre étrangère, et par conséquent d'abaisser considérablement le prix de l'opération; enfin de produire une teinture très-résistante et très-solide, qui ne passe pas au premier rayon de lumière.

Elle s'adresse surtout à la classe ouvrière, où l'on ne répugne pas à la besogne quand elle procure une économie. — M. Gervais-Roussel a des raisons pour croire que son invention est goûtée du public, car depuis le peu de temps qu'il l'a offerte à la consommation, il a vu la demande s'en accroître dans des proportions inespérées.

MM. L. STEINER ET FILS, À VERNON.

Ces messieurs ont exposé de la pâte phosphorée pour la destruction des rats, souris, mulots et autres

petits ennemis qui tueraient l'homme, si l'homme
ne les prévenait.

Cette pâte a été inventée et composée, en 1846, par
un M. Roth, pharmacien à Strasbourg, dans un
moment où une multiplication extraordinaire de ces
odieux animaux constituait pour les campagnes
d'Alsace une véritable calamité.

L'odeur et la phosphorescence sont les deux qualités qui la rendent surtout propre au but qu'elle a
en vue. Elles attirent et séduisent énergiquement
les animaux que l'on veut détruire, et elles sont bien
supérieures en efficacité et en résultats à tous les
piéges ou engins qu'on a pu inventer. Ces appareils,
quoi qu'on fasse, ne laissent pas que d'éveiller
toujours un peu la méfiance de ces fines bêtes,
tandis qu'un morceau de pâte jeté là négligem-
ment, dans un coin, a un air de distraction et d'in-
nocence auquel il est impossible qu'elles ne soient
pas prises. Aussi le sont-elles.

D'un autre côté, l'odeur et l'éclat lumineux en
rendent l'usage et la détention aux mains du public
exempts de tout danger, parce qu'elles rendent les
méprises impossibles, et les chances d'accident absolument nulles.

La pâte phosphorée de M. Roth a enfin l'avantage
très-appréciable de ne pas se gâter à vieillir, et de
ne point s'altérer même sous l'action des tempéra-
tures les plus élevées.

MM. Steiner et fils, successeurs de M. Roth, sont
les propriétaires actuels de la maison. En 1871,
après la perte de l'Alsace, ces messieurs pour rester

Français, ont transporté leur établissement industriel de Strasbourg à Vernon. A l'occasion de ce déplacement, ils ont, comme il arrive presque toujours, agrandi et perfectionné leur outillage; ils ont notamment établi dans leur usine une machine à vapeur qui augmente considérablement leur production.

Ils fabriquent annuellement cinq cent mille flacons de pâte phosphorée, environ, sur lesquels un cinquième à peu près est à destination de l'étranger.

La pâte phosphorée compte déjà des succès dans plus d'un concours industriel :

En 1872, à Paris, médaille décernée dans une exposition industrielle et d'économie domestique;

En 1873, à Lyon, médaille à l'exposition universelle de cette ville;

En 1873, à Alençon, mention honorable;

En 1874, à Paris, médaille d'honneur décernée par l'Académie agricole, manufacturière et commerciale.

A ces titres, il faut ajouter aujourd'hui une médaille de bronze qui a été décernée à MM. Steiner et fils à l'Exposition universelle de 1878.

CLASSE 49. — CUIRS ET PEAUX.

Pont-Audemer travaille le cuir, comme Évreux fabrique le coutil et Louviers le drap. De temps immémorial, le métier de tanneur y a été exercé avec succès et sur une large échelle. Si l'on fouille les terrains avoisinants les divers bras de rivière qui

traversent la ville, on trouve de nombreux vestiges
d'établissements de tannerie qui témoignent de
l'importance qu'avait déjà cette fabrication dans les
siècles anciens. Si l'on fouille les vieux parchemins,
on rencontre, en 1093, une concession faite par
Roger de Beaumont à l'abbaye du Bec, de la fran-
chise, dans cette ville, de tout ce qui était nécessaire aux religieux pour leur *chaussure* et leur
habillement, concession que son fils Robert ratifia
en 1106.

Ce document paraîtrait peut-être peu concluant,
si d'autres n'y venaient ajouter une grande autorité
en constatant l'existence, dès cette époque (xi° siècle)
d'établissements spécialement destinés à l'usage de
la tannerie. C'est notamment la mention dans plusieurs chartes du comte de Waleran, en faveur de
Saint-Pierre des Préaux et de la léproserie de
Saint-Gilles, de l'existence à Pont-Audemer de
moulins *tanereis*, c'est-à-dire de moulins à tan.

L'importance de cette industrie, dans le courant
des siècles suivants, est attestée par diverses pièces
appartenant aux archives des finances municipales
de Pont-Audemer.[1]

Un rôle des fermes des aides pour 1481 donne, à
ce sujet, des renseignements précieux. En cette
année 1481, on levait 3 deniers sur chaque cuir
tanné, vendu en gros ou en détail, et cette aide était
adjugée 61 livres, ce qui, à 3 deniers par cuir, représente 4,880 cuirs. Si l'on ajoute un huitième pour
les frais de perception, le bénéfice de l'adjudicataire
et la fraude, on trouve 5,500 cuirs environ. D'après

le budget de 1485, 2 deniers par chaque cuir don-
naient une recette de 48 livres. C'était donc à plus de
5,760 cuirs que le fermier de l'aide de la tannerie
avait évalué la fabrication et la vente pendant l'année
de son exercice.

Un état, dressé en 1705, des noms et revenus des
tanneurs, signale comme existant à cette époque
53 tanneurs ayant un revenu personnel de 100 à
1,500 livres (ce qui n'était pas peu de chose en ce
temps-là), dont 17 sont désignés comme faisant un
gros commerce.

En 1780, l'industrie des cuirs de Pont-Audemer
s'engage dans des voies nouvelles et se met à cor-
royer des peaux qu'elle s'était jusqu'alors bornée à
tanner. MM. Martin, Legendre et Gohier établissent,
à cette époque, avec l'aide du gouvernement, une
corroierie, façon anglaise, qui fut la première et le
modèle de toutes celles qui depuis s'établirent en
France.

Cet établissement eut, dès son origine, le succès
le plus complet, et d'autres ne tardèrent pas à
s'élever auprès de lui. Le plus important, parmi ces
derniers, est celui de MM. Donnet, Plummer et Cie,
dont nous parlerons bientôt.

C'est vers ce temps, fin du siècle dernier et commencement de celui-ci, et grâce à la création de ces
importantes maisons, que l'industrie de Pont-Audemer acquit son développement le plus considérable.
C'est à cette époque que le gouvernement lui de-
manda des quantités considérables de produits
fabriqués, et que Robert Lindet, un des plus actifs

9

organisateurs des armées de la République, trouva
chez elle les meilleures et les plus importantes ressources.

La maison Martin et Legendre, notamment, fournit pendant plusieurs années sans interruption des
quantités énormes de marchandises.

Depuis lors, l'industrie des cuirs ne s'est plus sensiblement accrue. Mais elle a hautement soutenu sa
fortune et sa renommée, et les industriels d'aujour-
d'hui sont les dignes successeurs de leurs devan-
ciers.

L'*Annuaire du département de l'Eure* de 1810
nous apprend que 300 ouvriers étaient employés
dans les différents établissements consacrés à la
préparation des cuirs et qu'ils pouvaient fabriquer
annuellement environ :

40,000 peaux étrangères ;

2,000 cuirs de pays ;

30,000 peaux de cheval ;

15,000 veaux dont 6,000 façon anglaise ;

1,500 peaux de cochon.

Ces chiffres sont assez peu vraisemblables, en
raison principalement de l'énorme différence qu'on
remarque entre les cuirs étrangers et les cuirs entrés
dans la fabrication. L'*Essai sur l'arrondissement de
Pont-Audemer* de M. Canel (1833) semble avoir puisé
à de meilleures sources, quand il dit :

« Il est préparé à Pont-Audemer par année
« 15,600 cuirs forts pour semelles (cuirs du Brésil
« et de Buenos-Ayres) ; le nombre des tanneurs qui
« fabriquent cet article est de 45 ; 9,300 peaux de

« vaches et chevaux et 9,600 veaux. Cet article est
« fabriqué par 21 tanneurs ; 2,000 peaux de cochon ;
« 4 tanneurs les fabriquent ; 27,000 peaux de mou-
« ton produisant à peu près 29,000 livres de laine.
« Le nombre des mégissiers ou tanneurs de cet
« article est de 9. Il y a à Pont-Audemer des cor-
« roieries importantes. La principale est celle de
« M. Plummer qui a aussi établi depuis plus de
« dix ans (1830) une vernisserie façon anglaise, des-
« tinée par son succès mérité à accroître la prospérité
« commerciale de la ville.

« Cette maison, tant pour les cuirs vernis que
« pour les cuirs tannés, corroyés et hongroyés, em-
« ploie 250 ouvriers, et son chiffre d'affaires est d'en-
« viron deux millions et demi. »

Telle était l'importance de la tannerie de Pont-
Audemer vers 1830.

TANNERIE DE PONT-AUDEMER.

La fabrication du cuir fort pour semelles est aujourd'hui d'environ 40,000 peaux de bœufs étrangers. Toutes ces peaux sont achetées sur le marché
du Havre et proviennent généralement des *saladeros*
de la Plata et du Brésil.

On fabrique aussi quelques cuirs secs des mêmes
provenances, mais dans de très-minimes proportions, qui tendent encore à diminuer de jour en jour,
la vente de ces cuirs en tanné devenant de plus en
plus difficile.

Ces peaux salées sont fabriquées dans vingt-deux établissements, dont les derniers construits, tout en conservant ce qu'il y a d'excellent dans les anciens procédés, ont été outillés avec tous les perfectionnements de la science moderne.

Ces vingt-deux usines occupent ensemble de quatre à cinq cents ouvriers.

La matière employée pour le tannage, à part quelques faibles quantités d'écorces d'Afrique, de châtaignier et de quebracho, est généralement l'écorce de chêne provenant soit des bois et forêts environnants, soit de la Bourgogne, de la Nièvre, du Gâtinais, du Berry et de la Dordogne. La consommation peut en être évaluée à six ou sept millions de kilogrammes, pour les cuirs forts seulement.

Cette écorce est triturée dans neuf moulins dont huit mus par l'eau et un par la vapeur. Ces neuf moulins disposent d'un matériel de soixante-six pilons, neuf hachoirs, douze cloches ou moulins à noix, et 10 marteaux à battre le cuir.

La position de Pont-Audemer est moins favorable et son industrie plus surchargée depuis le défrichement des bois de chêne dans les forêts de l'Etat environnantes, et leur remplacement par des semis de sapins. Les tanneurs, depuis lors, sont obligés de faire venir l'écorce des départements du Centre, et les frais de transport augmentent leur prix de revient d'une somme qui n'est pas moindre de 18 fr. 50 par tonne de marchandise.

La durée du tannage varie de dix-huit à vingt-quatre mois.

Autrefois, une certaine partie des produits était
destinée à l'étranger. Mais l'exportation en a complétement disparu, depuis que la concurrence étrangère, américaine surtout, privilégiée sous le rapport
des matières premières, a inondé l'Europe de produits d'une fabrication et d'une qualité très-infé-
rieures, mais qui attirent cependant la clientèle par
un bon marché extraordinaire. Aujourd'hui tous les
produits sont vendus en France, mais sur tous les
marchés où ils paraissent, ils sont appréciés pour
leur excellente fabrication et jouissent d'une très-
bonne renommée.

Les tanneurs de cuirs forts de Pont-Audemer ont
envoyé collectivement au Champ-de-Mars des échantillons de leurs produits.

C'étaient MM.

Bodovillé ;

Conard ;

Lainé (J.) ;

Lainé (L.,) ;

M. Lainé est un des plus importants et des plus
habiles industriels parmi ceux qui font partie de cette
exposition collective. Les cuirs forts étrangers, pour
semelles, qui sortent de son établissement sont
les bienvenus partout où ils se présentent. Ils sont
bien connus et fort recherchés sur la place de Paris,
et sur tous les marchés où M. L. Lainé est en relations d'affaires ;

Lecompte (R.) ;

Tous les tanneurs de Pont-Audemer fabriquent
également bien. Leur industrie a, depuis si long-

temps, accoutumé la clientèle à d'excellents produits, qu'il ne serait pas possible de lui en faire,
dans le pays, accepter d'autres. Il faut donc fabriquer bien ou périr. M. René Lecompte se défend
loyalement de toute supériorité sur ses confrères.
Mais en quoi il nous paraît mieux situé que la plupart d'entre eux, c'est dans l'outillage et l'installation. Il construit en ce moment (1879) et termine à
peine une usine située au milieu de la ville, sur un
vaste terrain de deux hectares, traversé par un bras
de la Risle qui lui fournit une force hydraulique de
trente à quarante chevaux. L'outillage a été construit avec les perfectionnements les plus récents.
Enfin un embranchement du chemin de fer amène
les locomotives, les wagons et les matières premières sous les hangars de l'établissement, et
emporte les produits fabriqués. Il y a là des économies de main-d'œuvre et une puissance d'action qui
doivent nécessairement profiter au fabricant et à la
fabrication ;

Legrand (L.) ;
Leprieur aîné ;
Priour frères ;
Toufflet-Dumesnil ;

M. Toufflet-Dumesnil fabrique exclusivement le
cuir fort étranger pour semelles. Il emploie unique-
ment l'écorce de chêne pour le tannage. Il vend ses
produits principalement à Rouen, dans la basse Normandie et le littoral. Outre la tannerie, son établissement comprend un moulin à tan et une batterie de
cuirs.

Touzé-Quillet ;

Turgis (R.) ;

Les produits sont surtout destinés à la confection des bottes de mer et de chasse ;

Verger (C.).

Verger (L.).

Vormier.

L'industrie des tanneurs de Pont-Audemer n'avait encore jamais paru dans ces conditions à aucun concours industriel. Le jury des récompenses de 1878 lui a décerné un diplôme équivalant à une médaille de bronze. C'était une récompense bien modeste pour une fabrication aussi recommandable, et depuis si longtemps en possession de la faveur publique. Y a-t-il eu là une méprise et une erreur? Ou bien le jury a-t-il estimé que la tannerie de Pont-Audemer, tout en livrant à la consommation d'excellents produits, s'était trop attardée aux vieilles méthodes et n'avait pas assez résolûment adopté les nouvelles? Ce serait bien sévère pour les méthodes du temps passé, et peut-être injuste pour des produits en somme supérieurs. Quoi qu'il en soit, les exposants se sont trouvés insuffisamment honorés, ou plutôt ils ont pensé qu'ils n'étaient pas honorés du tout, et que leur exposition était au-dessus d'une telle récompense. Ils ont donc refusé le diplôme qui leur était accordé. Ils en appellent avec confiance à l'opinion de la clientèle dont l'intérêt guide sûrement les préférences, et qui ne se trompe jamais dans ses choix.

MM. BUNEL FRÈRES.

MM. Bunel frères sont un des industriels les plus considérables et les plus renommés de la tannerie de Pont-Audemer.

Ils n'ont pas pris part à l'exposition collective envoyée par leurs confrères au Champ-de-Mars. Ils y ont envoyé en leur nom des cuirs forts et mous pour chaussures ; des cuirs noirs, jaunes, pâles, brunis, etc.

Ces produits excellents, qui mettaient en relief le mérite de leur fabrication journalière, ont obtenu une médaille d'argent.

MM. COUILLARD ET VITET, A PONT-AUDEMER.

Nous avons dit plus haut que vers la fin du xviiie siècle la maison Donnet, Plummer et Cie avait été fondée sur le modèle de la maison Martin-Legendre et Gohier, pour la corroierie et le vernissage des cuirs, façon anglaise.

Nous avons vu que, vers 1830, M. Canel, dans son *Essai sur l'arrondissement de Pont-Audemer*, disait : « Il y a à Pont-Audemer des corroieries « importantes. La principale est celle de M. Plum- « mer, qui a aussi établi depuis plus de deux ans « une vernisserie, façon anglaise, destinée par son « succès mérité à accroître la prospérité commerciale « de la ville.

« Cette maison, tant pour les cuirs vernis que
« pour les cuirs tannés, corroyés et hongroyés,
« emploie deux cent cinquante ouvriers, et son
« chiffre d'affaires est d'environ deux millions et
« demi. »

C'est cette maison Donnet, Plummer et Cⁱᵉ, longtemps dirigée par M. Plummer, qui appartient depuis
une quinzaine d'années à MM. Coüillard et Vitet,
et qui vient de passer, au mois de juillet 1878, si
nous ne nous trompons, aux mains de MM. Chap-
man, Corbeau et Gruel.

Elle est entrée tout de suite et avec éclat dans la
voie nouvelle qui avait été ouverte par MM. Martin-
Legendre et Gohier, et, grâce à l'intelligence supérieure des directeurs qui s'y sont succédé, elle a
immédiatement conquis et toujours gardé le premier
rang. Son histoire est tout entière dans ses succès
et dans ses récompenses.

MM. Coüillard et Vitet ont envoyé à l'Exposition
des cuirs corroyés, vernis, pour carrosserie, sellerie,
harnachement et courroies d'usines; des cuirs noirs,
fauves, jaunes, brunis, blancs; des veaux; des peaux
de porc, des cuirs de Hongrie, etc. Ces divers objets
constituaient l'ensemble de leur fabrication, et en
attestaient l'éminente supériorité.

Nous ne compterons pas toutes les médailles
remportées par cette importante maison dans les
divers concours auxquels elle a pris part depuis
l'an IV, où elle obtint sa première récompense. Nous
rappellerons seulement sa médaille d'honneur à l'Exposition universelle de Paris, en 1855; sa médaille

d'or, à celle de 1867, et la grande médaille de progrès à l'Exposition universelle de Vienne, en 1873.

En 1878, à l'Exposition universelle de Paris, MM. Coüillard et Vitet ont obtenu le rappel de la médaille d'or de 1867, et M. Coüillard, l'un des associés, a été nommé chevalier de la Légion d'honneur.

M. JOSSET, A SAINT-DENIS-LE-FERMENT.

M. Josset fabrique des cuirs chamoisés pour buffleterie.

Il a envoyé à l'Exposition des échantillons de ses produits. Le jury des récompenses leur a reconnu les qualités d'une fabrication distinguée, et a accordé à M. Josset une mention honorable.

GROUPE VI

OUTILLAGE ET PROCÉDÉS DES INDUSTRIES MÉCANIQUES.

CLASSE 51. — MATÉRIEL ET PROCÉDÉS DES EXPLOITATIONS RURALES ET FORESTIÈRES.

M. BOREL, A VERNON.

M. Borel fabrique et expose des engrais chimiques.

Ce sont : du sulfate d'ammoniaque, de l'engrais chimique pulvérulent, et du superphosphate de chaux.

Son établissement ne compte encore que trois années d'existence. Le genre d'industrie auquel il est consacré demande, plus que beaucoup d'autres, des études approfondies et constantes qui doivent tendre non-seulement à obtenir toujours des engrais efficaces, mais encore à abaisser les prix de revient.

M. Borel utilise pour la fabrication du sulfate d'ammoniaque, les eaux de distillation de l'usine à gaz de Vernon, et il les traite par un procédé très-économique. Au lieu d'extraire d'abord l'ammoniaque, puis de le recevoir dans de l'acide sulfurique étendu d'eau, et de concentrer ainsi jusqu'à cristallisation, il transforme directement le carbonate en sulfate, et fait passer dans ce sel un courant d'air chaud qui se charge d'humidité, et va déposer dans des cuves de cristallisation les sels qu'il a entraînés dans sa course. Il tire ainsi annuellement des eaux de distillation de l'usine à gaz de Vernon près de 4,000 kilogrammes de sulfate d'ammoniaque, titrant 20 p. 100 d'azote.

Il emploie aussi les eaux mères à la fabrication d'un engrais liquide dont l'emploi est fort apprécié pour le pralinage des céréales et des betteraves.

Les engrais exposés par lui se trouvaient en concurrence avec une foule de produits similaires qui se recommandaient non-seulement par la qualité réelle de leur composition, mais encore par la notoriété de leur provenance et la réputation des fabriques dont ils étaient sortis. Et cependant ils n'ont point été sans être appréciés par le jury des récompenses.

Ils avaient déjà obtenu une médaille d'argent à l'exposition régionale de Compiègne, en 1877, et une mention honorable de l'Académie nationale agricole et manufacturière, dont M. Borel est membre. A l'Exposition universelle de 1878, ils ont mérité à leur exposant une mention honorable.

M. BÉRANGER, A ÉVREUX.

M. Béranger, ingénieur des arts et manufactures, constructeur de machines, est un ancien élève de l'École professionnelle d'Évreux.

Il a consacré ses travaux à l'invention et au perfectionnement des machines agricoles. Une rare et inépuisable ingéniosité le rendent éminemment propre à l'œuvre à laquelle il s'est voué. Il ne faut rien moins que des qualités hors ligne pour réussir dans cette industrie ; l'esprit de routine, la répugnance pour les nouveautés, l'attachement aux vieilles pratiques ont longtemps consigné les machines agricoles à la porte de nos fermes, sans leur en permettre l'entrée. Aujourd'hui encore, l'adoption est loin d'en être générale. Pour vaincre les résistances, nos constructeurs ont dû d'abord inventer des appareils excellents, incomparablement supérieurs pour le travail au travail de l'homme, et défiant toute objection et toute critique. A ce prix ils obtenaient grâce, non pas faveur, tant les préventions étaient fortes.

Sans être absolument terminée, la lutte entre l'esprit ancien et le souffle nouveau ne laisse plus de doute, et les machines ont enfin envahi nos champs et nos forêts.

Maintenant les constructeurs ont à perfectionner leurs premières inventions, à remplacer le très-bon par le meilleur, et aussi à compléter la série en

chassant le travail manuel des postes qu'il occupe
encore, pour lui substituer partout le travail mécanique.

M. Béranger est, parmi nous, un des chercheurs
les plus habiles, un des trouveurs les plus heureux.
Les machines sorties de ses mains ont souvent
obtenu les suffrages et remporté les prix, et celles
qu'il a envoyées à l'Exposition universelle étaient
dignes de leurs devancières et ont encore accru la
bonne renommée de leur inventeur.

Ces machines étaient :

Un extirpateur ;

Un râteau à cheval ;

Un semoir à avant-train.

L'extirpateur ou herse-bataille est destiné, comme
son nom l'indique, à arracher les plantes ou les
herbes. Nous n'entreprendrons pas la description
du mécanisme ; voici seulement les résultats :

Les dents et leurs supports sont faits de telle sorte
que jamais elles ne sont encombrées d'herbes ou de
terre ; qu'elles se nettoient elles-mêmes pendant le
travail, et que jamais l'ouvrier n'a besoin d'y mettre
la main.

Deux particularités seulement : 1° le crochet
d'attelle monte et descend avec la tête de l'extirpateur, de telle sorte que la traction soit toujours di-
recte; 2° un bras de levier placé en arrière permet
de relever les socs ou dents pour que, à la volonté
de l'ouvrier, ils n'agissent plus dans le sol.

Le râteau à cheval sait son métier aussi bien que
l'extirpateur, et n'a pas besoin non plus qu'on lui

vienne en aide : il fait tout lui-même. L'appareil
consiste en une longue série de dents recourbées.
Quand le râteau est suffisamment chargé, les dents
se lèvent d'elles-mêmes, abandonnent leur charge,
et retombent immédiatement pour s'emplir de nouveau. Tout cela se fait par l'effet seul de la marche
de l'appareil dans le champ. L'ouvrier est tranquil-
lement assis sur une petite sellette au-dessus du
râteau, et conduit le cheval sans avoir besoin même
de surveiller le travail. Dans les râteaux à cheval
ordinaires, au contraire, l'ouvrier était obligé
de surveiller continuellement, et de relever lui-
même les dents du râteau quand elles étaient
pleines.

Le semoir à toutes graines, à avant-train, était
peut-être l'instrument le plus remarquable des trois,
par les perfectionnements de toutes sortes que
M. Béranger y a accumulés, et les avantages considérables qu'il présente sur les instruments de même
nature. La distribution des graines s'y fait par de
petites cuillers et des engrenages droits. Les coussi-
nets sont remplacés par trois pignons de rechange.
La boîte se termine dans le bas par une sorte de
gouttière qui s'ouvre à volonté, et où l'on peut re-
cueillir la semence sans difficulté et sans perte. —
Les socs mobiles sont supportés par deux triangles
en fer qui les fixent et les rendent plus raides. On
les relève en pesant sur un levier qui agit sur un
treuil, et on les abaisse en cessant la pression. Ce
double mouvement devant être exécuté à chaque
bout du champ, il fallait qu'il fût d'une facilité

extrême. Le mécanisme appliqué par M. Béranger
ne laisse rien à désirer à cet égard. — Enfin, et ce
dernier perfectionnement est d'un prix inestimable,
le semoir de M. Béranger se dirige tout seul, quels
que soient les écarts de l'attelage, et sans qu'il soit
besoin d'un gouvernail. Au moyen d'un mécanisme
très-ingénieux dans le point d'attelle, l'avant-train
est ramené d'un côté quand l'attelage tire de l'autre,
et l'arrière-train conserve imperturbablement la
direction rectiligne.

Ces instruments ont obtenu au Champ-de-Mars
les suffrages des visiteurs expérimentés, et ceux du
jury des récompenses. M. Béranger avait, depuis
1870, figuré dans plusieurs concours, et toujours
avec distinction. Il avait obtenu, à Évreux, deux
médailles d'argent et deux médailles de bronze; à
Alençon, deux médailles d'or, deux médailles d'argent et une de bronze; puis des médailles d'or, d'argent, de bronze de l'Association normande, de la
Société centrale de Seine-Inférieure, de l'Eure, de
Seine-et-Oise, au nombre de plus de trente.

A l'Exposition universelle de 1878, il a eu un
succès de plus à ajouter à ses succès : il a obtenu
une médaille de bronze.

M. LEVASSEUR, A ÉVREUX.

M. Levasseur a fondé son établissement en 1871.
C'était, à l'origine, une création bien modeste. Elle
ne visait que des travaux de réparation de

machines. L'atelier occupait quatre ou cinq ouvriers. Mais ce cadre était trop étroit pour un homme actif et intelligent, et M. Levasseur ne tarda pas à l'étendre. L'atelier de réparation s'agrandit vite, se transforma bientôt, et aujourd'hui c'est un important atelier de construction de machines, muni de tous les outils nécessaires à une bonne et prompte fabrication : perceuses, raboteuses, tours parallèles, etc; ayant pour annexe une fonderie de fonte de fer et de cuivre, et occupant de 25 à 30 ouvriers.

M. Levasseur a exposé une locomobile verticale, et une petite meule montée dans une auge en fonte sur trépied en fer. C'était surtout sa locomobile qu'il désirait faire connaître. Elle se recommande par son système de chauffe. La chaudière plonge dans le foyer par une série de tubes. La fumée et les gaz non absorbés par la combustion sont conduits par une rangée de petits tuyaux de cheminée dans une chambre ménagée au-dessus de la chaudière, et de là, poussés dans une sorte d'enveloppe qui la revêt tout entière; descendant d'un côté, remontant de l'autre pour aller s'échapper enfin par la cheminée de la machine. Cette course prolongée des résidus de la combustion autour de la chaudière a pour but et pour effet d'utiliser presque sans perte toute la chaleur du foyer et d'amoindrir le rayonnement extérieur et la déperdition du calorique. De plus, elle diminue singulièrement le tirage, et réalise par conséquent une économie notable dans la consommation du combustible. Enfin elle présente cet avantage très-important de supprimer les flammèches qui, dans un trajet direct et avec un tirage actif, sont entraînées inévitablement au dehors, et constituent un danger permanent d'incendie.

Ces divers avantages doivent faire préférer les locomobiles de M. Levasseur à toutes les autres, surtout pour les travaux forestiers et agricoles qui s'exécutent toujours au milieu de matières éminemment inflammables.

Cet établissement ne s'en tiendra pas là. M. Levasseur est un industriel sérieux et habile; il est certainement encore dans sa période ascendante, et ses affaires qui ont déjà considérablement augmenté, sont destinées sans nul doute à s'accroître encore.

M. CARTIER, A NASSANDRE

M. Cartier, ancien élève de l'école centrale, a exposé en une double qualité, et sous deux dénominations : Comme ingénieur constructeur, sous son nom personnel, dans les classes 51 et 52, et comme fabricant de sucres sous la raison sociale : — E. Cartier et Cie, dans la classe 74.

Dans la classe 51 il fait figurer un ensachoir portatif.

Cet appareil consiste tout simplement en une sorte de trépied en fer, de la hauteur d'un sac, armé à sa partie supérieure d'un cadre en forme de fer à cheval. Ce cadre s'appuie sur une traverse fixe qui pince les bords du sac et le tient debout et ouvert.

Cet appareil fait l'ouvrage d'un ouvrier; car un homme tout seul peut remplir des sacs, sans avoir besoin d'aide, et à peu près aussi vite que le feraient deux hommes par la méthode ordinaire.

A l'ensachoir, M. Cartier adapte au besoin une trémie, dont il es. aussi l'inventeur, et dont l'ouverture horizontale permet à un ouvrier d'ensacher avec une pelle.

M. Cartier a encore exposé un chariot collecteur de sucre aux turbines, évitant toute perte de sucre, et tenant les sacs à l'abri des taches.

Les ensachoirs de M. Cartier sont d'invention toute récente; les premiers ont été faits pour l'Exposition universelle de 1878, et ils y ont obtenu une mention honorable.

CLASSE 52. — MATÉRIEL ET PROCÉDÉS DES USINES AGRICOLES ET DES INDUSTRIES ALIMENTAIRES.

M. CARTIER, A NASSANDRES.

M. Cartier a présenté, dans la classe 52, un semoir à betteraves perfectionné.

Ce semoir est à trois rangs. Il joint aux meilleures dispositions déjà connues pour le renversement de la caisse à graines et l'articulation des socs et rouleaux, des améliorations qui ne sont pas sans importance ; c'est d'abord un mode d'attache des socs et rouleaux qui assure le parallélisme complet des lignes d'ensemencement ; c'est ensuite un système de levier qui détermine en même temps, par un seul mouvement de l'ouvrier, le relevage des socs et rouleaux et le désembrayage de l'arbre de distribution des graines, ou les opérations inverses.

Nous retrouverons encore cet exposant fécond dans la classe 74.

M. DUMONT-CARPENTIER, A GISORS.

M. Dumont-Carpentier a exposé sous le nom collectif de la Société libre d'agriculture de l'Eure, et a obtenu là, outre sa part du diplôme d'honneur décerné à la Société, une mention honorable qui lui a été personnellement accordée. Il a exposé sous son nom, dans la classe 69, divers produits de mouture, dont nous parlerons en leur lieu, et a obtenu une médaille d'or.

Ici enfin, dans la classe 52, il expose un modèle de bluterie perfectionnée à air libre, et obtient une médaille de bronze.

M. DURVIE, A IVRY-LA-BATAILLE.

M. Durvie est constructeur de machines et entrepreneur de serrurerie usuelle et artistique. Sa fabrication courante consiste en machines agricoles, telles que faucheuses, concasseurs, hache-paille, herses en fer articulées, charrues, coupe-racines, extirpateurs, etc., en pompes de tous systèmes et pour tous usages, moulins à farine à bras, bascules pour bestiaux, brouettes à sac, etc.

Il a envoyé à l'Exposition un pétrin mécanique à bras et à vapeur. Cet instrument est doué d'une faculté de travail très-considérable. Et en même temps qu'il fait beaucoup d'ouvrage, il fait de l'ouvrage excellent. Il a subi victorieusement des expériences décisives. Aussi M. Durvie en a-t-il fait pendant l'Exposition, des ventes assez importantes, et le public lui a ainsi rendu le témoignage le moins suspect.

Il a pris part à bien des concours et il y a remporté bien des succès, 52 médailles, prix ou mentions honorables. Le jury des récompenses de l'Exposition de 1878 a ajouté à sa liste une médaille de bronze.

MM. LEGENDRE FRÈRES, A HOULBEC-COCHEREL.

MM. Legendre frères sont fabricants de meules à moulins. Ils sont propriétaires des carrières d'où ils tirent toutes les pierres avec lesquelles ils fabriquent leurs produits. Ces carrières sont situées l'une à Houlbec même, où est le chantier de fabrication et l'autre à Chauffour (Seine-et-Oise). En outre, ils exploitent les carrières de pierres de la Ferté-sous-Jouarre (Seine-et-Marne). Les carrières d'Houlbec et de la Ferté sont exploitées depuis fort longtemps. Celle de Chauffour, au contraire, ne l'est que depuis une vingtaine d'années.

Ils ont envoyé à l'Exposition deux meules à moudre le blé, d'un mètre cinquante centimètres de diamètre et dix morceaux de pierres correspondant aux diverses variétés qui sont fournies par leur multiple exploitation.

La maison a été fondée en 1847 par M. Legendre, père des propriétaires actuels, qui lui ont succédé en 1869. Depuis cette époque, l'établissement s'est sensiblement agrandi. Actuellement il occupe quinze ouvriers au chantier de fabrication, à Houlbec, et six à Chauffour pour l'extraction de la pierre.

Les échantillons présentés par ces messieurs offrent dans leur contexture et leur arrangement moléculaire, dans leur grain, comme on dit, des différences qui n'échappent pas aux yeux exercés, et qui les classent à des degrés différents dans l'appréciation de gens du métier. La carrière de la Ferté-sous-Jouarre fournit la pierre la plus estimée et elle est en même temps la plus riche. La pierre d'Houlbec vient ensuite. Celle de Chauffour semble inférieure aux deux premières et moins estimée, surtout en France. A l'étranger, elle paraît être plus favorablement classée, et la demande s'y porte plus volontiers.

La pierre de la Ferté est pleine, sans textures, d'une nature douce et vive en même temps, et elle est fort recherchée pour la mouture des bons blés. La pierre d'Houlbec est plus éveillée, d'un caractère plus mordant et d'une nature très-vive. Elle a dans sa constitution des petites textures très-fines et fort régulières, qui la rendent peut-être plus propre que la pierre de la Ferté elle-même à la mouture des blés durs et humides, gruaux, orges et avoines.

Aussi bien, la nature de la pierre doit toujours s'accommoder à la nature du travail que la meule est destinée à exécuter, et l'on ne peut pas dire absolument que telle pierre est supérieure à telle autre.

Il y a plus ; pour constituer une bonne paire de meules, il est bon souvent de choisir des pierres de natures différentes. C'est l'expérience seule qui peut renseigner sur ce point.

En Normandie, où le blé est souvent difficile à moudre, MM. Legendre ont proposé à leur clientèle une paire de meules composée d'une pierre de la Ferté et d'une pierre d'Houlbec, et ils obtiennent ainsi d'excellents résultats.

Les produits exposés par MM. Legendre n'ont pas laissé que d'attirer l'attention du jury des récompenses qui leur a accordé une mention honorable.

MADAME Vᵉ MERCIER ET L. MERCIER, A LOUVIERS.

Autrefois, le cardage de la laine se faisait à la main, un peu de la façon dont s'y prennent encore aujourd'hui les matelassières. La laine était amenée, par suite de cette opération, à la forme d'une sorte de boudin et elle était filée soit à la quenouille, soit au rouet. Le lainage se faisait à la main. A la

main aussi le tondage, au moyen de *forces* que l'ouvrier promenait sur la surface de l'étoffe. Le foulage, qui primitivement se faisait au pied, s'opéra
plus tard par des maillets que soulevait un arbre
tournant muni de cames.

Quand nous disons autrefois, nous n'entendons
pas le temps où la reine Berthe filait; c'est bien plus
voisin de nous. Il en était ainsi encore au commencement de ce siècle. C'est vers 1810 que fut faite
l'application de la forme cylindrique aux cardes et
du mouvement circulaire à l'opération du cardage.
La carde fut alors un cylindre revêtu de ces rubans
de carde, dont nous allons voir la fabrication chez
MM. Calvet-Rogniat et Fresné. Ce fut le signal de
tous les perfectionnements qui allaient suivre.
L'heure était venue des immenses progrès qui ont
envahi toutes les industries à la fois, et dont nous
avons été les témoins émerveillés.

A cette époque donc la laine, cardée sur des cylindres et amenée à la forme de boudins, était livrée
à un métier en gros, dit bély, dont la fonction était
d'étirer les boudins et de les réduire aux huitième ou
dixième de leur grosseur primitive. Puis les métiers
à filer, déterminés dans leurs mouvements par la
main d'un ouvrier, faisaient du fil avec les boudins
étirés par le bély.

C'était, on le voit, un progrès important sur le
procédé primitif.

D'autres bientôt suivirent.

Vers 1838, apparut un nouveau système de cardage et de filature. Il se composait d'un assortiment

de trois cardes, qui, supprimant les bélys, livrait directement la laine aux métiers à filer.

Durant cette période, les autres opérations relatives au travail de la laine et à la confection des tissus recevaient aussi des perfectionnements considérables.

La machine à lainer était inventée : les deux planchettes garnies de chardons que l'ouvrier passait sur le drap, faisaient place à un cylindre animé d'un mouvement mécanique.

La tondeuse transversale à cylindre était substituée aux *forces* employées autrefois et cédait elle-même bientôt la place à la tondeuse longitudinale.

Enfin le foulon cylindrique remplaçait l'ancien foulon à maillets.

C'est à l'origine de ce mouvement du progrès industriel que M. Ambroise Mercier père commençait la carrière qu'il a si brillamment parcourue, et que ses successeurs ont si brillamment continuée.

En 1814, il s'associait avec M. Dubois. Cette association ne dura que quatre années, et en 1818 il fondait son établissement de construction de machines industrielles, qu'il transmit à son fils, M. Achille Mercier, en 1837. M. Mercier fils le dirigea jusqu'à sa mort, en 1868. Après lui, sa veuve se mit à la tête de l'établissement, et, en 1874, s'associa avec sa fille sous la raison sociale actuelle : Veuve Mercier et L. Mercier.

Telle est la série des directeurs qui se sont succédé dans cette importante maison, qui tous ont concouru à sa prospérité, et dont pas un n'a laissé péricliter sa fortune et décroître sa renommée.

Dès 1818, M. Mercier construisit le premier métier à filer mécanique fait en France. Il était de cent vingt broches. Le chariot des premiers métiers portait les cent vingt broches et les tambours verticaux qui les commandaient. M. Mercier remplaça ces tambours verticaux par des cylindres horizontaux en fer-blanc.

Ce chariot, conduit à la main, éprouvait nécessairement dans sa course des inégalités de vitesse qui influaient sur la grosseur et la torsion des fils. M. Mercier inventa, en 1826, un moyen de conduire mécaniquement le chariot.

Le premier, il construisit des métiers en gros, dits bélys, de cinquante et soixante broches. Le premier, il substitua la fonte au bois dans les bâtis des loups, cardes et métiers.

M. Mercier fils qui venait, tout jeune encore, de succéder à son père, en 1837, fut des premiers l'année suivante à construire un assortiment de trois cardes à boudins continus, qui supprimait l'intermédiaire du bély et livrait directement la laine aux métiers à filer.

Par suite des perfectionnements successifs apportés aux machines qui travaillent la laine, voici les organes dont elles se composent aujourd'hui :

C'est d'abord le *loup*, cylindre armé de longues et fortes dents auxquelles il doit sans doute son nom ; puis la boîte chargeuse, et enfin un assortiment

de trois cardes dites *briseuse, repasseuse* et *boudineuse*. Chacune de ces trois cardes se compose
d'un grand tambour et de divers cylindres, tournant aussi près que possible les uns des autres, et
organisés de façon à produire des œuvres différentes dans le détail duquel il n'est pas de notre sujet de faire entrer le lecteur. La carde boudineuse
est munie de cylindres peigneurs. Ces peigneurs sont
revêtus de rubans de carde entre lesquels on a ménagé des intervalles non garnis, de telle sorte que
le premier peigneur enlève du tambour une série de
bandes de laines correspondant à ses rubans, et y
laisse une autre série correspondant à ses intervalles,
et que le second peigneur enlève la série laissée par
le premier. Ces bandes, ainsi séparées par l'action
des deux peigneurs, sont prises par un dernier
peigne et passent entre des cylindres rota-frotteurs
ou dans des bobineaux, et y reçoivent, par friction
ou rotation, la forme d'un boudin. Puis elles sont
livrées au métier à filer.

M. Mercier père et M. Mercier fils, soit en cons-
truisant les machines inventées par les autres, soit
en y ajoutant des perfectionnements inventés par
eux-mêmes, ont constamment concouru et aidé aux
progrès qui ont été réalisés, et se sont toujours tenus
à la tête du mouvement qui emporte depuis soixante
ans le monde industriel. Et si l'on jette les yeux sur
les machines exposées au Champ-de-Mars, en 1878,
et si l'on interroge les juges les plus compétents,
on verra que la maison n'est point déchue de sa
haute situation, qu'elle s'y maintient au contraire

avec fermeté, et qu'elle porte sans fatigue le poids de son glorieux passé.

L'établissement est un des plus considérables qu'il y ait dans cette industrie. S'il tient le premier rang par la supériorité de sa fabrication, il le tient aussi par l'importance de ses ateliers et de son personnel. Les constructions couvrent une superficie de 14,000 mètres d'ateliers. Ils sont servis par une machine à vapeur de la force de soixante-dix chevaux, et ils occupent constamment six cents ouvriers environ.

Ces constructions si vastes devinrent pourtant insuffisantes pour tenir la fabrication au courant des commandes. M. Mercier y avait établi, en 1838, une filature de deux cents broches. Il dut l'en déloger après l'Exposition de Londres, en 1851, et il l'installa dans une manufacture spéciale, à Authouillet, petit village de la vallée d'Eure, avec six mille broches, une force hydraulique de soixante chevaux et une machine à vapeur auxiliaire de vingt. En outre il fonda, en 1856, dans le quartier industriel de la prison de Gaillon, un atelier de pièces détachées, où il occupait cent cinquante jeunes détenus. Malheureusement la filature d'Authouillet fut détruite par un incendie, en 1861; de plus, le traité passé avec l'administration des prisons pour le fonctionnement des ateliers de Gaillon ne put être renouvelé, et les ateliers durent être abandonnés à la fin de l'année 1863.

Les ateliers de Louviers sont séparés en deux corps de bâtiment. Dans l'un, on reçoit et on pré-

pare les matières premières; dans l'autre, on achève
les pièces, on les assemble, on les monte et on les
emballe.

Les matières premières consistent en fers et
fontes, et en bois, dont les essences sont le plus généralement de chêne, d'aulne, de tilleul, pour la
confection des cardes; puis de sapin du Nord, pour
usages divers.

Les pièces de fonte, en sortant de la fonderie, sont
ébarbées et polies à la meule. Quelquefois on emploie la lime à la main, quand la meule ne peut pas
agir, par exemple pour l'entre-deux des dents d'engrenages. Les menues pièces sont traitées, elles,
par un procédé très-rapide et assez singulier : elles
sont jetées dans un tonneau à moitié plein de galet,
et tournant sur un axe; elles y roulent pendant
quelque temps et en sortent très-suffisamment
polies.

Toutes ces pièces, grandes et petites, écrous et
bâtis de cardes, sont livrées à des machines-outils
qui les rabotent, les taillent, les percent, enfin leur
donnent la forme qu'elles doivent avoir pour l'assem-
blage et le montage. Les ouvriers n'ont guère qu'à
surveiller le travail, et le plus souvent, pour les
petites machines principalement, la surveillance
peut être exercée par des enfants.

Les bois qui doivent servir à la confection des
cardes sont jetés à leur arrivée, et séjournent pendant deux ou trois mois dans un bassin plein d'eau.
Puis ils sont séchés dans une étuve à vapeur, et
livrés aux divers outils qui doivent les travailler,

scies, mouleuses, machines à canneler, machines à
raboter, etc. Les tambours des grands cylindres sont
composés de planchettes d'aulne et de tilleul alter-
nées, découpées en biais, et jointes ensemble obli-
quement. Le tambour, une fois formé, est raboté
au burin de façon à former une surface parfaitement
polie.

L'emballage n'est pas une opération secondaire,
loin de là. Les envois sont toujours importants.
Les pièces sont fragiles ou faibles, et il ne faut pas
qu'elles se brisent ou se faussent. Elles doivent être
rangées dans un certain ordre, pour être facilement
retrouvées. Tout cela demande un grand soin. La
maison a fait quelquefois des envois prodigieux, un
notamment pour l'Amérique du Sud. Les colis ne
devaient pas peser plus que la charge d'un mulet,
parce qu'une partie du chemin devait se faire à dos
de somme. Ils ne devaient pas avoir plus de telle longueur et telle grosseur, pour passer par certains sentiers étroits et par des coudes brusques où le passage
était plus étroit encore. On fabriqua et on emballa
dans ces conditions une turbine de soixante chevaux,
et l'outillage complet d'une fabrique de drap. Le tout
fabriqué par fragments réglementaires fut expédié en douze cents colis, sous la garde de Dieu et la
conduite de deux monteurs très-intelligents qui
devaient se débrouiller dans ce désordre. L'envoi
avait lieu en 1860, et le montage n'était terminé
qu'en 1864. Le transport avait coûté quatre cent
mille francs !

Le classement et l'enregistrement des modèles

demande une grande exactitude. Il est fait dans la maison, avec une perfection absolue. Toutes les pièces fabriquées restent en modèle, et sont classées dans d'immenses magasins. Elles sont étiquetées et rapportées à un registre qui est tenu avec autant de soin que les registres de l'état civil.

La collection des modèles s'accroît constamment, soit par suite de perfectionnements apportés par le temps dans l'outillage industriel, soit seulement par suite de simples modifications secondaires, que les clients entendent introduire dans telle ou telle partie de l'appareil qu'ils commandent.

La spécialité de la maison Veuve Mercier et L. Mercier est la construction de tout l'outillage d'une filature de laine, qui consiste en :

Machine à laver et battre la laine pour secouer la poussière.

Machine à échardonner la laine; c'est une machine à cylindre cannelé qui extrait les gratterons que le battage n'a pas enlevés;

Loup, ou cylindre armé de longues dents, destiné à ouvrir la laine après l'ensimage;

Chargeuse mécanique, destinée à alimenter la carde briseuse;

Cardes briseuse, repasseuse, boudineuse;

Métier à filer, à simple et double vitesse, avec ou sans mouvement automatique;

Métier renvideur, pour la laine cardée ou peignée;

Machine à bobiner et à tramer.

Mais elle fabrique aussi pour le tissage :

Machine à tisser, à une ou plusieurs navettes pour tous genres de tissus, draps lisses ou nouveautés.

Elle fabrique encore :

Machines à dégraisser et à fouler les draps ;

Machines à lainer ;

Machines à tondre ;

Machines à décatir ;

Machines à dégraisser la laine pour le peigne ;

Gills simples ou doubles ;

Peigneuses circulaires, système Noble ;

Moteurs hydrauliques et transmissions de mouvement.

C'est cet ensemble de fabrication que représentaient les objets envoyés à l'Exposition universelle de 1878.

Une carrière industrielle aussi laborieuse et aussi féconde ne pouvait manquer d'être consacrée par les plus hautes récompenses. Elle le fut en effet.

En 1844, à l'Exposition nationale, à Paris, M. Mercier obtenait une médaille d'argent.

En 1849 — à Paris — médaille d'or.

En 1851, à l'Exposition universelle de Londres, il obtenait la médaille du Conseil.

En 1855, à l'Exposition universelle, à Paris, — grande médaille d'honneur, et M. Mercier était nommé chevalier de la Légion d'honneur.

En 1862, à Londres, il lui était décerné une médaille, la seule accordée à son industrie.

En 1867, à Paris, M. Mercier était membre du jury et hors concours.

Enfin, en 1878, le jury des récompenses a accordé à Mᵐᵉ veuve Mercier et L. Mercier le rappel de la médaille d'or.

CLASSES 56 ET 57. — MATÉRIEL ET PROCÉDÉS DU FILAGE ET DE LA CORDERIE.

Après l'établissement de construction de Mᵐᵉ veuve Mercier et L. Mercier, voici les fabriques de rubans de cardes de M. Calvet-Rogniat et de M. Frêné.

Outre ces deux maisons considérables, qui ont seules pris part à l'Exposition universelle de 1878, Louviers compte une troisième fabrique importante, la maison Marsolet, de création toute récente, puisqu'elle ne date que de 1872, et qui n'a rien envoyé au Champ-de-Mars.

Ces trois maisons suffiraient largement aux besoins de l'industrie drapière de Louviers; une seule même y pourrait subvenir, grâce à la rapidité avec laquelle se fait aujourd'hui le travail. Mais chacune d'elles, outre les clients de la ville, possède une clientèle importante au dehors, dans les vallées environnantes, à Elbœuf, à Rouen, et même au loin, et toutes les trois peuvent produire continuellement sans que la demande et la consommation fassent défaut à leurs produits qui sont d'ailleurs excellents.

M. CALVET-ROGNIAT

L'établissement de M. Calvet-Rogniat est le plus ancien des trois; il date de 1774. Il a toujours appartenu à la même famille et n'a jamais passé en des mains étrangères. Fondé par M. Hache-Bourgois, il a été transmis à M. Calvet-Rogniat, son petit-gendre, et ce sont les enfants de M. Calvet-Rogniat qui le dirigent aujourd'hui.

Les garnitures de cardes sont de longues bandes de cuir ou d'étoffe où l'on plante des petites dents de fer très-serrées les unes contre les autres, à la manière des crins d'une brosse, mais coudées vers le milieu de leur hauteur, et courbées en un angle de 45 degrés environ. Ce sont ces bandes, ainsi armées, qu'on enroule autour des cylindres de cardes, de façon à les envelopper et à les revêtir entièrement.

Autrefois le travail de fabrication de garnitures de cardes se faisait à la main. Il fallait, quand la bande de cuir était préparée, la percer de petits trous pour y enfoncer, y *bouter*, comme on dit techniquement, les fils de fer que l'on avait coupés préalablement en fragments de longueur convenable. Il fallait enfin ébarber les extrémités des dents et les égaliser de façon qu'elles formassent un plan parfait. Ce travail, très-minutieux et très-délicat dans tous ses détails, demandait une grande habileté et une longue habitude chez les ouvriers, et comportait une main-d'œuvre considérable. Ce fut un bienfait déjà quand on eut inventé une machine qui perçait les trous, et une autre qui coupait le fil de fer. Mais le *boutage* était toujours l'opération interminable.

Un mécanicien français inventa enfin un système de boutage mécanique. C'était vers 1831. M. Bourgois, alors chef de la maison, comprit immédiatement toute la portée de la découverte, et s'empressa de l'appliquer à sa fabrication. Les résultats ne se firent pas attendre et furent immenses. La production devint incomparablement plus rapide, et les prix purent subir une diminution énorme.

Les premières machines reçurent successivement des additions et des perfectionnements considérables, et celles que nous voyons fonctionner aujourd'hui sont bien les plus étonnantes et les plus intelligentes machines qu'on puisse voir. Elles prennent et tirent le fil de fer, le coupent de la longueur voulue, percent les trous dans la bande de cuir ou d'étoffe, plient chaque fragment en deux branches parallèles, les boutent dans les trous, et courbent les dents. Tout cela se fait en un clin d'œil avec une précision et une dextérité merveilleuses.

Les produits envoyés par M. Calvet-Rogniat à l'Exposition universelle étaient des échantillons de rubans de cardes fabriqués dans sa manufacture et représentant toutes les variétés de sa fabrication courante.

Depuis qu'il y a des concours industriels, la maison Calvet-Rogniat y figure, et toujours avec distinction et au premier rang parmi ses rivales. Sa première récompense remonte à 1798. En 1806, à une Exposition nationale, à Paris, elle obtenait une médaille d'argent. En 1823, le jury lui décernait la médaille d'or. En 1834, rappel de la médaille d'or; en 1839, second rappel, et M. Bourgois reçoit la croix de la Légion d'honneur. En 1849, nouveau rappel de la médaille d'or; en 1855, à l'Exposition universelle de Paris, quatrième rappel de la médaille d'or; enfin à celle de 1867, dernier rappel de la médaille d'or. Ce fut son dernier triomphe. Le jury de 1878 lui a décerné une médaille de bronze. Une médaille de bronze à l'athlète si long-temps comblé des premiers honneurs ! une médaille de bronze dans ce riche médailler tout étincelant d'or ! certes elle y ferait piteuse mine, et ne pourrait qu'en diminuer la richesse et en ternir l'éclat.

D'où vient cette défaillance dans les succès industriels de la maison Calvet-Rogniat?

Comment en un plomb vil l'or s'est-il changé?

Nous ne savons. M. Calvet-Rogniat, lui, prétend le savoir et n'a, sur ce point, aucun doute. Quoi qu'il en soit, il a refusé sans hésitation une récompense qu'il considère comme imméritée.

M. FRÊNE, A LOUVIERS

La fabrique de garnitures de cardes de M. Frêne est beaucoup plus récente. Elle n'a que vingt-cinq années d'existence. Elle a été fondée par M. Frêné lui-même.

C'est aussi une importante fabrique; mais quand elle a commencé, elle avait des proportions bien plus modestes. La parfaite fabrication de ses produits, l'intelligence, l'activité, la loyauté de son chef ont été les causes de son rapide accroissement. Aujourd'hui elle figure parmi les maisons de premier rang.

Avec tout cela, elle n'emploie pas beaucoup de monde, ne dépense pas beaucoup de force, et ne fait pas beaucoup de bruit. — Elle n'occupe pas plus de vingt-cinq ouvriers et sa machine à vapeur n'est que de quelques chevaux. Et cela suffit pour servir et faire mouvoir, entretenir et réparer quatre-vingts métiers.

C'est que ces métiers sont incroyablement habiles et intelligents. Ils font tout tous seuls : ils coupent le fil de fer en fragments, ploient les fragments en forme d'U, percent la bande, y *boutent* les pointes, et courbent les dents, en moins de temps qu'on ne met à le dire. — Pour donner une idée de la dextérité de ce spirituel outil, voici un calcul : les bandes ont cinquante-cinq millimètres de largeur, et elles reçoivent de cinquante à soixante fragments dans un centimètre carré, c'est-à-dire de cent à cent vingt dents, chaque fragment formant deux dents. Eh bien ! un métier fait cinq à six mètres de bandes de cardes dans une journée de douze heures. Supposons seulement cinq mètres à raison de cinquante fragments ou cent dents par

centimètre carré : c'est cent trente-sept mille cinq
cents fragments boutés en douze heures; un peu
plus de trois par seconde!

Les ouvriers n'ont qu'à surveiller les métiers et
à leur fournir de l'ouvrage. Un seul ouvrier suffit
parfaitement à cinq métiers.

Les bandes de cardes fabriquées par M. Frêné
sont en étoffe. Pour donner à la bande l'épaisseur
et la consistance convenables, on la compose de
cinq, six ou sept tissus superposés. Autrefois toutes
les bandes de cardes étaient en cuir; on en fait
encore, et les bandes fabriquées par M. Calvet-
Rogniat sont en cuir. Cependant beaucoup de
fabricants préfèrent les bandes en étoffe, estimant
qu'elles présentent moins d'inégalités de surface.

Les produits envoyés au Champ-de-Mars par
M. Frêné étaient des échantillons et des modèles
de sa fabrication ordinaire. Ils ont très-justement
attiré l'attention du jury des récompenses, qui ne
s'est pas montré tendre pour l'industrie des garnitures de cardes, et qui a cependant accordé à
M. Frêné une médaille de bronze.

M. DUSSEAUX, A LOUVIERS

M. Dusseaux a envoyé à l'Exposition une machine de son invention, dite pile à deux maillets.
Cette machine, pour laquelle il a pris un brevet, est
une fouleuse à deux maillets, à chute libre, destinée

au foulage des draps, des articles légers tels que
ceux de Reims et Roubaix, des couvertures et des
articles anglais de Cheviottes. Elle peut servir aussi
à la bonneterie, à la chapellerie, à la ganterie.

Elle offre sur les machines anciennes plusieurs
avantages fort importants, comme d'utiliser toute
la force vive et de produire un effet utile plus
considérable, d'être d'une manœuvre beaucoup
plus facile, de n'exiger qu'une force motrice très-
faible, d'être d'un entretien presque nul.

Ces avantages ont frappé le jury des récompenses, et l'inventeur a obtenu une médaille de
bronze.

M. LÉCAUDÉ, A LÉRY

M. Lécaudé a exposé des échantillons et modèles
de bobines.

Son industrie, qui est un auxiliaire et un acces-
soire de la filature, a pris naturellement un développement proportionnel, et elle participe aux
mêmes mouvements de prospérité ou de malaise.

Ses produits, ses échantillons et modèles ont
été appréciés des connaisseurs, et l'importance de
sa clientèle lui est un sûr garant de la bonté de
sa fabrication.

M. LENOTRE, A SERQUIGNY.

La maison Lenôtre, de Serquigny, fondée en 1842 par M. Th. Lenôtre père, est dirigée par M. E. Lenôtre, le propriétaire actuel, depuis 1869.

Elle fabrique des cylindres et tabliers de frotteurs pour les filatures de coton. Elle fabrique aussi le vernis pour les rouleaux de préparation. Elle fabrique enfin des courroies pour hydrauliques.

Les rouleaux, faits avec du drap de Mulhouse ou de Lisieux, sont recouverts d'une enveloppe de cuir de veau fin, fabriqué exprès à Pont-Audemer pour cet usage. Les jonctions de ces enveloppes de cuir sont faites par un procédé que M. Lenôtre signale à l'attention des filateurs. Les jonctions se font ordinairement en biseau, et au bout d'un certain temps d'usage, elles se font sentir et gênent le service. M. Lenôtre fait ses jonctions à gorge et de cette façon elles restent imperceptibles jusqu'à complète usure.

La maison fabrique de cent trente à cent quarante mille rouleaux par an. Jusqu'alors ses produits avaient été consommés par une clientèle un peu circonscrite, notamment par les filatures de Roubaix. Il y a lieu de penser que la publicité résultant de l'Exposition universelle va étendre le cercle des relations commerciales de M. Lenôtre. Son système de jonction des enveloppes de cuir nous semble surtout de nature à lui attirer et à lui attacher de nouveaux et nombreux clients.

Il a envoyé à l'Exposition des rouleaux et des tabliers de sa fabrication courante. Il n'avait encore paru dans aucun concours, et pour la première fois qu'il affronte les hasards de la lutte, il s'en tire avec honneur, puisqu'il obtient une mention honorable.

M. LUCAS, AU PLANQUAY.

M. Lucas est mécanicien-constructeur de métiers. Il a envoyé à l'Exposition un métier de son invention, pour lequel il a pris un brevet, et qui est destiné à la fabrication du ruban.

Dans ce métier, un tourne-à-gauche et un culbuteur donnent un temps d'arrêt aux fils pour permettre à la navette de passer, et remplacent les marches des anciens métiers. Le ruban est fait par lui beaucoup plus vite et beaucoup mieux. Il peut fabriquer cinquante mètres de ruban de coton ordinaire par journée de dix heures de travail.

Il est également apte à faire du ruban de coton et du ruban de fil, et même, au moyen d'un changement dans le mouvement des lices, il peut fabriquer des rubans de laine, des mèches de lampes, des tirans de bottes et bottines.

Il est construit de façon à être mis en mouvement soit par un ouvrier, soit par un moteur mécanique.

Ce métier a attiré l'attention et obtenu le suffrage

du jury des récompenses, qui a accordé une mention honorable à M. Lucas.

CLASSE 61. — MACHINES, INSTRUMENTS ET PROCÉDÉS USITÉS DANS DIVERS TRAVAUX.

M. CHENEL, A IVRY-LA-BATAILLE.

M. Chenel a exposé une machine à fendre les dents de peignes. Le mérite de cette machine n'est point de peu de conséquence : elle fend douze peignes à la fois, au lieu de six que fendent les machines ordinaires ; d'où une somme de travail double ; le temps qu'elle met à fendre douze peignes est un peu plus long que ne mettent les autres à en fendre six, mais il n'en résulte pas moins une production plus rapide et plus considérable et un prix de revient moins élevé.

La machine exposée par M. Chenel lui a mérité une médaille de bronze.

CLASSE 62. — CARROSSERIE ET CHARRONNAGE.

MM. COUILLARD ET VITET, A PONT-AUDEMER.

Nous avons parlé de MM. Couillard et Vitet à propos de leur exposition dans la classe 49.

Ils ont exposé ici des cuirs vernis pour voitures. Nous rappelons qu'ils ont obtenu un rappel de la

médaille d'or de 1867 et que M. Couillard a été
nommé chevalier de la Légion d'honneur.

CLASSE 63. — BOURRELLERIE ET SELLERIE.

M. SAILLARD-BOURSIER, A BRETEUIL.

La maison de sellerie Saillard-Boursier est dirigée
aujourd'hui par M. Roard.

Elle a exposé des séries complètes de mors de
toute nature, en fonte malléable, étamée et polie, en
fer limé et poli et enfin en acier fin.

Mais l'objet principal de son exposition était un
système d'attache pour lequel elle a pris un brevet.
Ce système consiste en une tige articulée dont l'extrémité peut se renverser à angle droit. Il permet de
supprimer les goupilles et bouts de cuir qui servent à
fermer les colliers et à maintenir les traits d'attelage
aux dards. Il peut s'appliquer aussi aux coulants et
agrafes pour colliers. Il s'applique enfin aux boutons
pour rideaux ou tabliers.

On comprend que ce mode d'attache est infiniment supérieur, sous le rapport de la sûreté et de la
rapidité du maniement, au système de ligature assez
primitif employé jusqu'ici.

Un point qui n'est pas le moins à considérer
dans les produits fabriqués par M. Roard, c'est le
prix extrêmement modéré auquel il est parvenu à
les établir. De telle sorte que le perfectionnement
qu'il offre au public est double : ses produits sont et

qualité égale, d'usage préférable, et il les cote à des prix inférieurs.

Ces mérites n'ont point échappé au jury des récompenses qui a décerné à M. Saillard-Boursier une médaille de bronze.

M. SAULLIÈRE-PRIOUT, A FRANCHEVILLE.

M. Saullière-Priout fabrique des objets de sellerie, bourrellerie et carrosserie.

Il a envoyé à l'Exposition :

1° Deux systèmes de crochetage adaptés aux attelles, et pour lesquels il a pris un brevet. Ces systèmes permettent de décrocher les traits ou de les raccrocher dans l'obscurité ou dans la pénombre, par conséquent d'atteler ou de dételer sans y voir clair. Ils ont aussi l'avantage de ne pas écorcher le cuir des brancards, comme il arrive souvent;

2° Différents genres d'attelles à tirages variés et inventés par lui;

3° Des étriers spahis ou arabes. La fabrication de ces étriers est délicate surtout en ce qui concerne la soudure des côtes et de l'anse. Ils sont recherchés pour l'Afrique où la maison expédie la plus grande partie de ce qu'elle en fabrique.

M. Saullière-Priout a pris également un brevet pour la composition d'un fer forgé, laminé pour confection d'attelles, à l'aide de laquelle l'ouvrier fait plus de travail avec moins de fatigue.

En outre de ces objets spéciaux, M. Saullière-

Priout fabrique tout ce qui tient à l'industrie de la sellerie et de la bourrellerie.

Sa maison qui ne remonte qu'à 1857 a déjà paru dans des concours et y a obtenu des récompenses.

En 1859, deux années après sa fondation, elle obtenait, à Rouen, une médaille de bronze, grand module;

En 1864, à Évreux, une médaille d'or.

En 1878, à l'Exposition universelle, elle a obtenu une médaille de bronze.

CLASSE 66. — MATÉRIEL ET PROCÉDÉS DU GÉNIE CIVIL, DES TRAVAUX PUBLICS ET DE L'ARCHITECTURE.

M. DEFONTAINE, A VERNON.

M. Defontaine s'est livré à l'étude des travaux de barrage et autres, qu'on exécute dans ou sur les rivières. Il a apporté dans l'outillage de ces travaux des perfectionnements dont il a présenté les résultats à l'Exposition universelle.

Son exposition consistait en :

1° Sabots pour pilotis, à branches en fer et culot en fonte;

2° Appareil de décintrement des voûtes de ponts;

3° Système de barrage des rivières, fixe ou mobile;

4° Aiguilles métalliques en fer creux pour barrages;

5° Châssis-vanne;

6° Ponts ou passerelles tournants pour la manœuvre des barrages ;

7° Frette de pieux articulée.

Les sabots pour pilotis sont à branches en fer et culot en fonte ; les branches adhèrent au culot par l'action de la coulée de la fonte en fusion dans un moule. Dans les sabots ordinaires, l'adhérence s'obtient à la forge et au marteau. La coulée de la fonte dans un moule est une invention heureuse et féconde en résultats : augmentation de la force du culot, faculté d'amincir les branches en fer et facilité dans l'action du sabotage. Nous ne poussons pas plus loin nos explications techniques ; nous ajouterons seulement que le sabot de pieux et palplanches du système de M. Défontaine a été employé à beaucoup de travaux de ponts et de jetées et qu'il s'y est toujours comporté à la satisfaction des ingénieurs, soit pour le battage, soit pour l'arrachage.

Le châssis-vanne consiste en une série de lamelles de tôle, alternativement fixes ou mobiles, appliquées horizontalement sur un châssis.

Les lames mobiles obéissent toutes à l'action d'une vis mue par une manivelle. Pour ouvrir ou fermer la vanne, il suffit de quelques tours de la vis. Sous son action, toutes les lamelles mobiles s'élèvent ou s'abaissent à la fois et ferment la vanne hermétiquement ou l'ouvrent à claire-voie.

Le système de barrage mobile exposé par M. Défontaine consiste en un châssis-vanne, s'appuyant sur une série de colonnes espacées d'un mètre environ l'une de l'autre. Quand le barrage est dressé, les colonnes sont soutenues en tête contre la poussée des eaux par un bras en fer, articulé en amont au fond de la rivière. Pour livrer passage aux eaux, le châssis-vanne et les colonnes, tournant sur des articulations pratiquées à leur base, se couchent l'un en amont, les autres en aval du courant.

Nous ne pouvons entrer dans tous les détails des organes secondaires et de la manœuvre de ces barrages. Qu'il nous suffise de dire que les avantages qu'ils présentent consistent en ceci :

1° Qu'ils n'exigent point d'excavation dans le radier, à cause de leur faible épaisseur et de leur dédoublement dans l'opération du couchage ;

2° Que le fonctionnement et la manœuvre s'en font sans qu'il y ait à apporter ni remporter aucuns outils ou pièces de manœuvre quelconques.

Enfin, les passerelles ou ponts tournants ont pour objet de rendre plus facile et moins dispendieuse la manœuvre des barrages mobiles.

Par ses travaux, par ses inventions, par le soin qu'il apporte à l'exécution de tous ses ouvrages, M. Défontaine a conquis un rang élevé et une situation importante dans son industrie. Ces vastes outillages qu'il travaille sans cesse à perfectionner, lui avaient déjà valu de flatteuses distinctions : médaille d'argent, à Évreux, en 1870, médaille de bronze, à Lyon, en 1872. Une plus disputée et plus glorieuse l'attendait à la suite de l'Exposition universelle de 1878 : le jury des récompenses lui a décerné une médaille d'argent.

M. LAINÉ, A LOUVIERS

M. Lainé a exposé des stores en bois : stores unis de toutes couleurs, à baguettes plates, ovales ou rondes, petites ou grosses; stores de fantaisie imprimés, avec dessins de rideaux, bordures, fleurs, grecques, guirlandes, sujets, paysages, etc.

Il en avait envoyé quarante-deux échantillons différents. Quelques-uns se distinguaient par l'effet vraiment heureux de la couleur, d'autres par la composition tout à fait réussie de la décoration, tous par une fabrication excellente et certainement supérieure aux produits usuels de cette industrie.

Il n'y a en France, si nous ne nous trompons, que deux ou trois établissements qui fabriquent en grand les stores. Celui de M. Lainé, qui en est un, et le plus important, croyons-nous, est d'origine toute récente. Il a été fondé en 1875, et tout de suite la production et la vente se sont élevées à des chiffres considérables. Aujourd'hui, il produit annuellement quatre mille pièces de stores de trente-cinq mètres chacune, et la production est toujours un peu en retard sur la demande. Une clientèle aussi nombreuse ne peut être attirée et retenue que par une fabrication en même temps très-rapide, très-soignée et très-économique.

C'est à ces trois points que M. Lainé s'est attaché, et c'est par une seule réforme qu'il les a atteints tous les trois : en substituant presque partout le travail mécanique au travail manuel.

Il n'emploie que soixante-dix ouvriers, hommes, femmes et enfants ; mais il a un outillage important et très-varié qui travaille avec une vitesse extrême et une régularité parfaite. Il a introduit en quelques points des perfectionnements tout à fait ingénieux qui lui permettent de livrer ses produits à des prix qu'on n'imagine pas, et dont le bon marché est incroyable.

On voit dans ses ateliers :

Vingt métiers à tisser ;

Un ourdissoir ;

Un montoir mécanique ;

Quatre dévidoirs ;

Trois machines à peindre, dont une avec ventilateur à air chaud, pour sécher instantanément la peinture ;

Une imprimeuse ;

Une machine à teindre ;

Deux broyeuses à peinture ;

Deux mouveuses à peinture ;

Une machine et des scies circulaire et alternative pour la confection des baguettes plates ;

Enfin, tout un matériel de réparation.

Cet outillage est mû par une machine à vapeur fournissant ordinairement une force de douze chevaux et pouvant en donner dix-huit.

Les bois employés par M. Lainé sont des sapins du Nord qu'il tire de Russie ou de Suède. Il reçoit

toutes faites les baguettes qui constituent comme
la trame des stores. Il ne confectionne chez lui que
les baguettes plates pour stores mixtes et les lat-
teaux pour claies de serre.

Les stores, une fois tissés, sont égalisés aux deux
bouts par l'action de deux couteaux circulaires mécaniques, qu'on peut éloigner ou rapprocher l'un de
l'autre, suivant la largeur qu'on veut obtenir. Puis
ils passent sur la machine à peindre, qui est munie
de trois rangées de brosses à mouvement de va-et-
vient. Enfin ils sont livrés à l'imprimeuse pour la
décoration. Toutes ces opérations sont bien plus vite
et bien mieux faites qu'à la main. Les couteaux
peuvent égaliser deux cents mètres de store en
douze heures de travail ; la machine à peindre en
peint douze cents mètres dans le même temps ; et
l'imprimeuse en peut décorer une pièce de quarante
mètres en cinq minutes.

Le mode de décoration employé par M. Laîné a
l'avantage de présenter une solidité indéfinie que ne
pouvait avoir la décoration faite avec des fils teints
qui passaient et se décoloraient au premier soleil ou
à la première pluie. Ce mode consiste en un empâte-
ment de peinture qui fait relief sur les baguettes et
qui donne au dessin une netteté et une consistance
vraiment très-remarquables.

Les stores de fantaisie sont fabriqués avec des
baguettes non pas teintés, mais peintes au moyen
d'une machine qui peut fournir des baguettes pour
trente pièces en douze heures de travail.

M. Laîné a pris un brevet pour la composition de

sa peinture, où il n'entre pas d'huile, et qui sèche immédiatement.

Quoique l'établissement soit d'origine très-récente, il a envoyé ses produits dans plusieurs expositions, et partout ils ont obtenu des récompenses :

A Rouen, en 1876, médaille d'argent ;

A Elbeuf, en 1876, médaille d'argent ;

A Vernon, en 1878, médaille d'argent ;

A Honfleur, en 1878, médaille d'argent ;

A l'Exposition universelle, le jury des récompenses a plutôt réservé son jugement que refusé son approbation ; il n'a point accordé de récompense par la raison que les procédés de M. Laîné n'étaient pas depuis assez longtemps appliqués pour être en possession des préférences incontestées de la clientèle.

Depuis l'Exposition universelle, M. Laîné a reçu une médaille de bronze (grand module) d'une société industrielle d'Espagne, et une croix en argent d'une société industrielle d'Italie.

M. LEBRUN, A LOUVIERS.

M. Lebrun a exposé dans la classe 14 un appareil servant à lever les malades. Il a obtenu, pour cette invention, une médaille de bronze.

Il expose, dans la classe 66, un autre appareil pour empêcher l'air et l'eau de pénétrer par les fenêtres dans les appartements.

Cet appareil est d'une efficacité absolue et opère une fermeture hermétique. Il est en fer, par conséquent d'une solidité à toute épreuve et d'une durée indéfinie. Il s'adapte aussi facilement aux vieilles fenêtres qu'aux neuves. Il se dissimule parfaitement dans les boiseries. Enfin, il est d'un prix très-modique.

Tels sont les avantages que M. Lebrun a eu en vue, qu'il estime avoir réalisés, qu'il signale au public, et qu'il recommande aux clients.

MINISTÈRE DES TRAVAUX PUBLICS.

Sous le nom du ministère des travaux publics, le service des ponts et chaussées du département de l'Eure a exposé un modèle d'une partie du pont des Andelys, à l'échelle de 0m,04 par mètre, et une vue pittoresque de l'ensemble du pont et de ses abords.

Ce pont a été construit en remplacement du pont suspendu qui avait été détruit en 1870, pendant la guerre.

L'État n'avait alloué pour ce travail qu'une somme de 200,000 francs, montant de la valeur du pont détruit. Les ressources du département ne lui permettant d'ajouter à cette somme insuffisante qu'un supplément de faible importance, les ingénieurs se sont attachés à imaginer un projet entraînant le moins de frais possible, et, en conséquence de leurs recherches, la dépense totale n'a atteint que le chiffre de 290,000 francs.

Le pont a une longueur, culées comprises, de 181m,60; une largeur, en couronnement, de 7m,20, et

entre les deux parapets de 6^m,70, la chaussée ayant
5^m,10 de large et les trottoirs 0^m,80 de chaque côté.

Il repose sur 4 arches, de 34 mètres d'ouverture,
8^m,80 de flèche, et séparées par des piles de 3^m,50
d'épaisseur. Les voûtes ont 1^m,10 d'épaisseur à la
clef. Les tympans sont évidés dans le sens transver-
sal et longitudinal. Les piles sont fondées sur des
massifs de béton coulé dans des caissons sans fond.
Pour les culées, on a utilisé les fondations sur pilotis de l'ancien pont. Les têtes de voûtes sont en
moellons piqués de Vernon, et tout le reste du pont
est en maçonnerie ordinaire.

La construction, commencée en mai 1872, était
terminée en novembre 1873, soit dix-huit mois après,
et livrée à la circulation le 1er décembre suivant.

Ces remarquables travaux, dirigés par M. Degrand, ingénieur en chef du département, et par
M. Cordier, ingénieur ordinaire des ponts et chaussées, ont été exécutés par M. Chupeau-Hauteville,
conducteur, et M. Dupont, entrepreneur. Ils étaient
de nature à faire honneur à l'exposition du ministère
des travaux publics ; aussi le jury des récompenses
a rendu témoignage de leur mérite en décernant un
diplôme, équivalant à une médaille d'argent à M. Degrand et à M. Cordier, et un diplôme équivalant à
une médaille de bronze, à M. Chupeau-Hauteville
et à M. Dupont.

Sous le même nom du ministère des travaux publics, M. le vicomte de Pulligny a exposé deux beaux
albums remplis tous deux de souvenirs de notre
Normandie.

Nous rencontrons M. de Pulligny dans la série des exposants industriels, quoiqu'il ne soit rien moins qu'un industriel. C'est un gentilhomme, un artiste, un délicat, que nous retrouverons au Trocadéro dans un milieu plus conforme à ses goûts et plus en rapport avec ses études. Ici même les deux albums qu'il expose ne contiennent que des choses d'art et d'érudition.

Le premier renferme les superbes épreuves photographiques que le Gouvernement a fait tirer de l'ensemble et des divers détails du château du Chesnay-Haguest, appartenant à M. de Pulligny, restauré, comme on sait, par lui-même, dans le style si charmant de la seconde moitié du XVᵉ siècle.

Le second est le recueil complet des monuments religieux ou civils restaurés aussi par M. de Pulligny, dans le canton d'Écos, ainsi que dans plusieurs localités du département de l'Eure.

Nous aurons à parler plus longuement de cet éminent exposant, lorsque nous rendrons compte des objets d'art envoyés au Trocadéro. Nous ne pouvons pourtant pas le quitter ici sans le saluer au passage, et sans rendre hommage à l'homme d'intelligence et de savoir qui consacre sa fortune, son intelligence et ses loisirs au service d'une cause aussi noble que celle de l'art.

GROUPE VII.

PRODUITS ALIMENTAIRES.

CLASSE 69. — CÉRÉALES, PRODUITS FARINEUX AVEC LEURS DÉRIVÉS

M. DELARUE, A BEAUMONT-LE-ROGER.

M. Delarue exploite une minoterie à Beaumontel et une huilerie à Beaumont-le-Roger.

Il a envoyé à l'Exposition universelle des échantillons de farines et issues provenant de sa fabrique, et ces produits y ont figuré sans désavantage à côté des produits similaires des meilleures maisons.

La maison Delarue avait déjà pris part à divers concours et y avait obtenu des récompenses : en 1855, au Neubourg; en 1872, à Beaumont-le-Roger et, en 1873, à Bernay.

M. DUMONT-CARPENTIER, A GISORS.

M. Dumont-Carpentier a exposé dans la classe 52 et y a obtenu une médaille de bronze. Il a fourni divers produits à l'exposition collective de la Société libre d'agriculture de l'Eure et obtenu personnellement une mention honorable, indépendamment de sa part indivise dans le diplôme d'honneur accordé à la Société.

Ici M. Dumont-Carpentier expose les produits les plus divers de la meunerie et les enseignements les plus instructifs sur cette industrie. Dans un premier tableau, il nous montre des échantillons de gluten provenant de farines soumises à l'aleuromètre Boland; des blés de pays récoltés depuis 1860, des variétés les plus remarquables de blés étrangers. Il nous montre des grains présentant les maladies du blé. Il nous montre enfin un pain de 1870-1871 et un pain de 1878, le pain d'une année de guerre et celui d'une année d'Exposition, le pain de l'homme civilisé et celui du barbare, car guerre et barbarie, c'est tout un.

Un second tableau contient des échantillons de fleurages, fécules, amidons, farines diverses, dans leurs différentes modifications ou altérations; des moutures de maïs, des farines de maïs pour fleurages et engraissement de bestiaux, de l'orge et de la farine d'orge, du seigle, un échantillon de mouture complète de féverole, un échantillon de mouture obtenue par la meule Aubin, un échantillon de mouture obtenue par le batteur Toufflin, des échantillons obtenus par la mouture basse sur blés durs d'Afrique; le travail du trieur enlevant le seigle; enfin des échantillons d'une mouture complète de blés de pays de 1878, concordant, à l'aide de numéros, avec le tableau synoptique de la mouture des grains dressé par les soins de M. Dumont-Carpentier.

Ce tableau synoptique a été lui-même exposé de telle sorte que le visiteur pouvait vérifier sur-le-champ les indications qui y sont portées, en jetant un coup d'œil sur les échantillons portant les mêmes numéros.

M. Dumont-Carpentier expose aussi une collection de graines de tous pays, dont l'étude a dû être d'une grande utilité pour tous les visiteurs du métier, et une collection de farines provenant de graines de toutes espèces, notamment de féveroles perlées, rondes, longues ; c'était le seul produit de cette sorte qui figurât à l'Exposition.

Des études auxquelles il s'est livré, il résulte que la farine de Hongrie doit être préférée à toute autre de même sorte et de même numéro. Et il a imaginé un moyen bien simple de la reconnaître. Placer sur une lame de verre un peu de farine, la mouiller, l'étendre en une couche très-mince et la laisser sécher. La farine de Hongrie, vue dans un microscope grossissant 25 à 30 fois seulement, présentera toujours, et à l'exclusion de toute autre, l'aspect d'un tissu végétal ou d'un tissu à mailles irrégulières.

Tous ces objets si habilement disposés constituaient peut-être l'exposition la plus complète, et certainement une des plus intelligentes et des plus intéressantes qu'on pût voir dans toute l'industrie de la meunerie. L'excellence et la nouveauté des produits, l'habile ordonnance où ils étaient rangés, et qui leur donnait une signification inattendue et un intérêt singulier, en faisaient un ensemble des plus remarquables, et, nous nous hâtons de le dire, un des plus remarqués. Le jury des récompenses a décerné à M. Dumont-Carpentier une médaille d'or, et il est, croyons-nous, le seul meunier français, à qui, en dehors des huit marques, il ait été accordé une aussi haute distinction.

M. Dumont-Carpentier n'en est pas, loin de là, à son premier succès et à sa première gloire. En 1875, il avait obtenu des médailles d'argent à Amiens et à Caen, et le prix unique décerné au concours de Gisors. En 1876, médailles d'argent à Orléans et à Rouen. Médailles à Compiègne et à Chartres, en 1877. Cette année enfin, à l'Exposition universelle, trois récompenses dont une médaille d'or. On le voit, chaque année lui apporte des distinctions nouvelles et consacre ses efforts en illustrant ses travaux.

CLASSE 71. — CORPS GRAS ALIMENTAIRES, LAITAGES ET FROMAGES.

M. CHEVALIER, A LA BONNEVILLE.

M. Chevalier avait commencé par être maçon, comme son père. En 1853, il épousait Mlle Favre, qui dirigeait avec son frère, un établissement de fabrication de fromages. L'établissement périclitait. M. Favre parvenait bien à faire des fromages, mais il n'arrivait pas à les faire sécher; ses produits étaient d'un transport difficile, d'un aspect désagréable et se vendaient difficilement.

Une fois entré dans la fabrique, M. Chevalier jeta là sa truelle, se consacra tout entier à la fabrication des fromages, et ne se souvint plus de son ancien métier que pour organiser et aménager dans les laiteries les modifications qui devaient perfectionner les produits de la fabrique. La grosse difficulté c'était le séchage des fromages. Il en triompha en organisant des séchoirs, percés de trous et munis de ventilateurs actifs. Dès lors, les fromages se vendirent et l'établissement entra dans une période de prospérité qui dure encore et ne semble pas près de finir.

La fabrique était située alors à Saint-Sulpice dans le département de l'Oise. Mais, en 1860, M. Chevalier en transporta le siége à la Bonneville, près d'Évreux. Il avait eu l'occasion de constater que le lait de la vallée de la Bonneville était plus favorable à sa fabrication, et faisait des fromages meilleurs que ceux de Saint-Sulpice.

Depuis cette époque, le cercle des affaires s'est encore accru, la production quotidienne est de 1,500 à 1,800 fromages environ, et elle suffit à peine à la consommation. Les fromages de Mont-Dore de M. Chevalier ont décidément conquis la faveur et la renommée.

M. Chevalier traite le lait par la présure et sans écrémer. Il chauffe le lait à 22 ou 25 degrés réaumur. Au bout de vingt minutes le lait est tourné ; au bout de trois heures, le fromage est fait. Il le met

alors dans des moules en zinc, qui lui donnent la
forme et le volume que nous lui connaissons, il le
dépose dans des séchoirs où il séjourne peu de
temps, et enfin il le transporte dans des caves
ou cavités qu'il a pratiquées dans un terrain mar-
neux et le laisse là sécher complétement et s'affiner.

Nous disons que M. Chevalier fait tout cela. Ce
n'est pas exact. C'est Mme Chevalier qui le fait.
M. Chevalier, lui, a bien d'autres choses à faire dans
son établissement. Oui, c'est Mme Chevalier qui,
avec l'aide de quatre ouvriers, trois hommes et une
femme, subvient au travail de fabrication de 1,500
fromages par jour. C'est elle qui reçoit le lait et
qui le traite, elle qui met le fromage dans les
moules, elle qui le porte aux séchoirs et le dépose
aux caves. Puisque nous parlons des exposants, nous
n'éprouvons aucun scrupule à la faire connaître,
car les produits exposés par M. Chevalier sont
vraiment l'œuvre de ses mains. Et puis, nous lui
devions cette indiscrétion, parce que, au milieu de
ses travaux, elle trouve encore le temps d'être une
excellente femme, pleine de charité et de bienfaisance, et de se faire aimer de tous.

Le lait employé par M. Chevalier — 3,000 à 3,500
litres par jour — est ramassé dans tous les environs.
Deux commis, deux voitures et sept chevaux sont
employés à ce service et parcourent quotidienne-
ment la vallée.

Le fromage une fois fait, il reste un résidu qui
autrefois était perdu. M. Chevalier a trouvé moyen

de l'utiliser; il en fait du beurre de petit lait. Ce n'est pas un beurre fin et de première qualité; c'est un bon beurre pourtant, et qui se vend encore 1 fr.50 le demi-kilogramme. Un petit appareil hydraulique fait fonctionner mécaniquement une baratte qui fabrique environ 35 à 40 kilogrammes par jour.

M. Chevalier estime qu'une industrie est défectueuse quand elle ne sait pas utiliser tout ce qui lui passe par les mains. Aussi ne perd-t-il pas le résidu de la fabrication de son beurre. Il le dirige dans des conduits qui aboutissent, par des embranchements, à des mangeoires de porcherie.

La porcherie modèle de M. Chevalier loge environ 120 à 150 pensionnaires continuellement; chacun n'y demeure guère que 2 à 3 mois, de sorte qu'il y passe de 450 à 500 porcs par an. L'alimentation des animaux se fait au moyen des conduits et des embranchements dont nous avons parlé. La nonrriture est préparée dans un réservoir; de là elle coule dans les conduits; les embranchements sont terminés par un robinet placé au-dessus de la mangeoire. En très-peu de temps, un homme seul peut, avec ce système, distribuer la nourriture à un très-grand nombre d'animaux.

M. Chevalier a envoyé à l'Exposition universelle des fromages et du beurre d'extraction de petit lait. C'était des produits et des échantillons de sa fabrication courante.

On dit qu'un bon fromage primé dans les concours doit aller chercher sa récompense lui-même. Les fromages de M. Chevalier n'ont pas eu beaucoup à faire pour remporter les leurs, car elles sont venues au-devant d'eux nombreuses et empressées :

Deux médailles de bronze, à Paris, en 1866;

Une médaille d'argent, à Évreux, en 1870;

Une médaille d'or, à Paris, en 1870;

Une médaille d'argent et une de bronze, à Paris, en 1874;

Une médaille d'argent, une d'or, une de bronze, à Paris, en 1875;

Une médaille d'or, à Caen, en 1875;

Une médaille d'or, à Rouen, en 1876;

Une médaille d'argent, à Paris, en 1876;

Une médaille d'or, à Paris, en 1877;

Une médaille d'argent et une de bronze, à Chartres, en 1877;

En 1878, à l'exposition spéciale des beurres et fromages, à Paris, M. Chevalier a obtenu une médaille d'or et deux médailles d'argent. A l'Exposition universelle, le jury lui a décerné une médaille d'argent pour ses fromages, et une médaille de bronze pour son beurre d'extraction de petit lait.

CLASSE 74. — CONDIMENTS ET STIMULANTS, SUCRES ET PRODUITS DE LA CONFISERIE.

L'industrie de la fabrication du sucre est de création récente en Europe. Elle ne date que du commencement de ce siècle; mais une fois établie, elle a fait des progrès très-rapides, et la production du sucre de betterave n'est pas loin de suffire aux besoins de la consommation européenne. — Pour la France, la production est sensiblement supérieure à la consommation, et il y a, tous les ans un excédant à exporter. C'est, du reste, le pays d'Europe qui en produit le plus.

La fabrication du sucre ne peut se faire qu'en hiver, et la période favorable ne dure guère, chaque année, que 100 à 120 jours.

Le plus souvent, les fabricants de sucre joignent à leur industrie sucrière une exploitation agricole, et récoltent eux-mêmes au moins une partie des betteraves nécessaires aux besoins de leur usine. Cette association est rationnelle et heureuse, et chacune des deux entreprises réagit sur l'autre d'une manière très-avantageuse. D'une part, la culture de la betterave, faite par les industriels eux-mêmes, présente pour la fabrication des garanties qu'on ne saurait trouver au même degré quand les betteraves viennent du dehors. D'un autre côté, la culture de la betterave est favorable à la terre, en ce que, surtout, elle exige des soins et des travaux qui lui sont éminemment avantageux. De plus, tous les résidus d'une sucrerie constituent des ingrédients agricoles très-précieux, notamment pour l'alimentation et l'engraissement des animaux de ferme.

En étendant cet ordre d'idées, on voit que l'établissement d'une sucrerie, dans un pays, doit être une cause et une source de richesse agricole, puisqu'il développe la culture de la betterave, améliore les terres, augmente leur valeur et favorise l'élevage du bétail.

En France, la richesse saccharine de la betterave varie entre cinq et sept pour cent de son poids brut. Nous ne raconterons pas comment se fait dans une sucrerie la réception des betteraves, l'ensilotage, le décolletage et le lavage, l'extraction et l'épuration des jus, le traitement des écumes, l'emploi du noir animal, la cuite des sirops, le turbinage. Ces détails ne sont pas de notre sujet, et les quelques indications générales que nous venons de donner nous paraissent suffisantes pour que le lecteur se fasse une idée du bienfait, des allures et du fonctionnement d'une sucrerie.

L'industrie sucrière de notre département était représentée à l'Exposition universelle de 1878 par deux exposants, MM. Cartier et Cⁱᵉ et MM. D'Osmoy et Cⁱᵉ.

MM. CARTIER ET Cⁱᵉ, A NASSANDRES.

Nous avons déjà vu M. Cartier exposant et lauréat dans les classes 51 et 52.

L'exposition de MM. Cartier et Cⁱᵉ dans la classe 74 consistait en un petit vase de cristal rempli de grains de sucre transparents. C'est l'échantillon des produits de la sucrerie de Nassandres.

Cette sucrerie, fondée en 1867, occupe environ 200 ouvriers et peut travailler annuellement la récolte de 1,000 hectares de betteraves.

MM. Cartier et Cⁱᵉ cultivent eux-mêmes et produisent une partie des betteraves qui entrent dans

leur usine. Le reste leur est fourni par les cultivateurs des environs.

Leurs procédés de fabrication n'ont rien de particulier. Nous dirons seulement que la fabrication elle-
même y est faite avec un grand soin, et que leurs
produits ont mérité une distinction de la part du
jury des récompenses qui a accordé à MM. Cartier et Cie une médaille de bronze.

MM. D'OSMOY ET Cie, A ÉTRÉPAGNY.

M. d'Osmoy a fondé la sucrerie d'Étrépagny en
1863. C'est, si nous ne nous trompons, la première
qui ait été créée dans notre département. Cette création rencontra d'abord de très-grandes difficultés.
Rien n'étant préparé pour la recevoir ; il fallut non-
seulement créer l'usine, mais en même temps créer
tout ce qui devait lui être nécessaire : la culture de la
betterave qui devait fournir à sa consommation, et
un personnel d'ouvriers suffisamment nombreux
pour les travaux de cette culture.

Quelques fermes importantes existaient déjà, qui
promirent leur concours, et firent des marchés de
fournitures ; et après un calcul de prévisions convenablement fondé, l'usine fut édifiée pour la mani-
pulation de 25 à 30 millions de kilogrammes de
betteraves par an, c'est-à-dire par chaque campagne
annuelle de 100 à 120 jours.

Successivement et peu à peu, la culture de la
betterave s'étendit dans la contrée et se perfectionna.

C'est le nombre d'ouvriers nécessaires qui ne put jamais se trouver dans le pays. M. d'Osmoy y a suppléé, et y supplée encore aujourd'hui en appelant du dehors, surtout de Belgique, des ouvriers étrangers. Il en appelle ainsi chaque année environ un millier qui sarclent les betteraves, et qui restent, après, dans le pays, pour y faire la moisson.

On comprend tout le bien qu'un tel supplément de population doit faire dans le bourg d'Étrépagny, tout l'argent qu'il y répand en y vivant et toute la richesse qu'il y crée en y travaillant.

On comprend aussi par ce que nous avons eu déjà occasion de dire, tout ce que l'établissement de la sucrerie d'Étrépagny a dû apporter d'amélioration dans les procédés agricoles et dans les rendements des terres de la contrée. Un seul fait : tel hectare de terre qui était loué 80 francs par an, se loue aujourd'hui 110 et 120 francs.

En 1867, M. d'Osmoy créait une seconde usine à Fontenay, dans le département de l'Eure, et, en 1871, des râperies annexes de l'usine d'Étrépagny. Ces divers établissements peuvent ensemble travailler 80,000,000 de kilogrammes de betteraves par campagne annuelle.

Le mode de fabrication et l'outillage sont ordinaires, mais soignés. L'usine possède des presses hydrauliques et des presses continues de divers systèmes : Lebée, Poizot et Champonnois. Pendant le temps de la fabrication, elle occupe 700 ouvriers, presque tous enfants du pays.

MM. d'Osmoy et Cie ont envoyé à l'Exposition du

sucre blanc en poudre, du sucre roux, dit de bas produits, et des mélasses. Les sucres blancs provenaient des appareils Cail et Cie.

Ils étaient de différentes grosseurs, selon les usages différents auxquels ils sont destinés : sucres gros grains, sucres grains moyens et sucres grains très-fins.

Ces divers produits ont valu à ces messieurs une médaille de bronze.

CLASSE 75. — BOISSONS FERMENTÉES.

M. PETIT, A GAILLON.

M. Petit a envoyé à l'Exposition des échantillons de cidres et poirés. Il figure parmi le petit nombre de ceux qui tentent de créer une industrie nouvelle, bien normande celle-là, l'industrie de la fabrication du cidre.

Le plus souvent, on le sait, le cidre n'est pas soigneusement fabriqué. On fait à la hâte avec nos pommes une liqueur quelconque qu'on appelle du cidre, mais qui n'en est pas, croyez-le bien. Si le raisin était traité avec le même sans-façon que la pomme, il saurait bien se venger en donnant un vin exécrable. Et si la pomme obtenait les mêmes égards que le raisin, on ne sait pas de quelle reconnaissance elle serait capable. On le voit déjà par les essais et les produits de quelques-uns de nos compatriotes.

M. Petit apporte de grands soins à sa fabrication. Nul doute que ses études, ses observations, ses travaux ne contribuent à donner au commerce du cidre une extension que l'infériorité générale des produits n'a pas encore méritée.

M. QUEVILLY FILS, A BEAUMESNIL.

M. Quevilly fils a exposé sous le nom et le patronage de la Société libre d'agriculture de l'Eure (classe 76).

Il a exposé aussi, sous son nom personnel, dans la classe 75, des cidres et poirés; des eaux-de-vie de cidre, et des cidres pharmaceutiques.

C'est un chercheur dont les efforts tendent à améliorer notre boisson normande et à en faire une liqueur recherchée par les buveurs les plus délicats.

Il est non-seulement un industriel curieux de ses produits, mais encore un agriculteur éclairé et plein d'initiative. Habitant d'un pays où le pommier et le poirier sont éminemment favorables à la confection d'un breuvage excellent, il s'est préoccupé du soin qu'il faut donner aux arbres, et des moyens à employer pour les préserver de leur plus terrible ennemi, le puceron lanigère, véritable phylloxera de nos vergers. Tous les moyens, conseillés par les plus savants agronomes, et employés jusqu'à présent, il les a expérimentés, mais sans grand succès. Il cherche donc, et il cherchera, soyez-en certains, jusqu'à ce qu'il ait trouvé.

Il décore ses produits du nom de *champagne normand*, qu'on pourrait trouver peut-être ambitieux, mais qu'ils justifient pourtant par une mousse pétillante et une saveur de haut goût. Ce nom serait tout au plus prématuré ; car, laissons faire, et un jour viendra où les bons Champenois viendront demander à M. Quevilly ses meilleures bouteilles en échange de leurs fines marques.

M. H. Quevilly, lauréat au concours de Saint-Lô, en 1874, de Granville, en 1875, de Quimper, en 1876, de Rouen, en 1876, a obtenu, en 1875, une médaille d'honneur de la Société des agriculteurs de France.

En 1878, à l'Exposition universelle, le jury lui a accordé, pour les produits qu'il a exposés sous le patronage de la Société d'agriculture de l'Eure, une mention honorable ; et pour les produits qu'il expose ici, une médaille de bronze.

GROUPE VIII.

APICULTURE ET PISCICULTURE.

CLASSE 76. — SPÉCIMENS D'EXPLOITATIONS RURALES ET D'USINES AGRICOLES.

M. BAQUET, A VESLY

M. Baquet a envoyé à l'Exposition un appareil pour la fabrication du beurre. Cet appareil ne faisait pas grand tapage au milieu des bruyantes et puissantes machines qui remplissaient l'Exposition. Mais dans ses modestes allures, il ne laissait pas que d'avoir sa valeur, et, nous sommes bien sûr que plus d'une bonne fermière, bien entendue aux choses de sa partie, l'a remarqué pour en faire quelque jour son profit.

M. DUMOUTIER, A CLAVILLE

M. Dumoutier a exposé deux fois dans cette classe, d'abord en son nom personnel, et ensuite sous le patronage de la Société libre d'agriculture

de l'Eure. Nous parlerons de cet agriculteur d'élite
avec quelques développements dans l'article consacré à l'Exposition de la Société. Nous nous
bornerons ici à dire qu'il a exposé des céréales, des
betteraves, des plantes fourragères et industrielles ;
des produits animaux et leurs dérivés. Ajoutons
qu'il a exposé à l'esplanade des Invalides en même
temps qu'au Champ-de-Mars, et que partout il a obtenu des récompenses. Trois fois lauréat à l'esplanade, il a obtenu au Champ-de-Mars une médaille
d'or.

M. PINEL, AU THIL-EN-VEXIN

M. Pinel a exposé :
1° Une charrue à un cheval ;
2° Une charrue à 2 et 3 chevaux ;
3° Une charrue Brabant double ;
4° Une charrue à timon et à siége ;
5° Une bineuse pour les racines ;
6° Un buttoir ;
7° Un extirpateur à double levier et dents mobiles ;
8° Un rouleau tôle en quatre parties ;
9° Un râteau à cheval ;
10° Un coupe-racines cône.

M. Pinel est un constructeur de machines agricoles très-actif, attaché à la poursuite des décou-
vertes et des perfectionnements. Il fabrique des
machines depuis 1852. A cette époque les outils,
les plus usuels aujourd'hui étaient des nouveautés

dont on se défiait, et qu'on ne pouvait faire accepter qu'à force d'en démontrer l'utilité, d'en perfectionner le travail et d'en diminuer le prix. M. Pinel s'est consacré à cette triple tâche; aujourd'hui la collection des machines et outils fabriqués par lui est considérable, et il passe sa vie à l'augmenter encore.

Outre les objets qu'il a exposés, il construit encore des herses articulées, des fouilleuses, des hache-paille, des crible-paille, des concasseurs, semoirs, brise-tourteaux, tonneaux-pompe à purin, auges à porcs, seaux, réservoirs, traîneaux de charrue, trieurs, etc.

Il a exposé ses produits dans de nombreux concours, pour les faire connaître et les vulgariser, pour les soumettre au jugement du public compétent, enfin pour briguer les récompenses qui consacrent les efforts heureux et les travaux utiles. Il en a remporté plus de 150.

Il devra en ajouter une nouvelle, car le jury de l'Exposition universelle de 1878, lui a décerné une mention honorable.

LA SOCIÉTÉ LIBRE D'AGRICULTURE DE L'EURE.

La Société avait au Champ-de-Mars un espace de vingt mètres de long sur une profondeur d'un mètre. Tous les produits exposés sous son nom étaient habilement groupés; de larges vitrines renfermaient les toisons, et la muraille était ornée d'une admirable carte géologique du département, et décorée des diplômes d'honneur de M. Ch. Dumoutier, et du tableau des cent médailles remportées par cet agriculteur distingué, décoration glorieuse qui évoquait hardiment le souvenir des victoires de la veille, et présageait déjà les succès du lendemain.

La Société libre d'agriculture, sciences, arts et belles-lettres du département de l'Eure, fondée en l'an VI, fut reconstituée sur de nouvelles bases, en 1830, par M. Antoine Passy, préfet du département, et reconnue établissement d'utilité publique, par ordonnance royale du 11 juin 1832.

Elle comprend dans sa circonscription le département de l'Eure tout entier, et se divise en deux sections centrales et quatre sections d'arrondissement.

Elle compte actuellement (en 1878) 745 membres, dont 580 appartiennent au département.

Nous ne pouvons raconter par le menu son passé, si rempli de travaux, de services et de bienfaits. Le cadre de ce compte rendu serait loin d'y suffire. Mais nous pouvons au moins présenter un tableau de son œuvre.

Son titre lui impose un programme immense, et elle l'a rempli. Il la voue à des œuvres multiples : elle n'a fait défaut à aucune. Elle a cultivé les esprits et la terre ; tout ce qui se trouve dans son domaine a été l'objet de ses études et de ses soins.

Pour les sciences, arts et belles-lettres, elle a fondé une bibliothèque, publié des articles dans son *Recueil,* patronné ou publié à ses frais des ouvrages importants, créé des cours gratuits sur la chimie, la physique, l'hygiène, le dessin et le droit commercial. Enfin, depuis 1864, elle a appelé les conférenciers les plus applaudis et les mieux disants, qui sont venus exposer leurs théories, expliquer les secrets de leur science et prodiguer les séductions de leur parole.

Mais c'est surtout sur l'agriculture que s'est porté son effort, et que s'est multipliée son activité. Elle a compris combien il y avait là de richesses à créer, et en même temps combien il y avait d'efforts à faire pour les développer. Là, elle ne se borne pas à l'enseignement théorique ou pratique, aux livres, aux *brochures*, aux *bulletins*, aux cours, aux conférences. Elle y joint l'action, l'action sous toutes ses formes. Elle a répandu des libéralités, organisé des concours, fondé des prix, mis tous les moyens en œuvre pour encourager à faire bien et exciter à faire mieux. Ce champ lui doit son engrais, cet autre sa semence, cet autre le repos et l'aménagement qui lui est nécessaire. Tel terrain, grâce à elle, a connu les heureux effets du drainage, tel autre ceux d'un labour plus convenable et d'une culture plus intelligente. Que de fois elle a acheté des machines agricoles pour les revendre à perte aux cultivateurs séduits par le bas prix ! Et combien n'a-t-elle pas contribué ainsi à substituer le travail des machines à celui des bras, et à vulgariser dans nos campagnes le rouleau, la herse, le scarificateur, la moissonneuse, enfin tout l'outillage des champs !

Non contente d'agir sur le sillon, elle agit sur le laboureur ; elle excite le zèle par l'amour-propre ou la convoitise, en organisant des concours et en y distribuant des récompenses. Plus de trois mille primes ont été décernées par elle dans plus de cent quarante concours qu'elle a organisés pour encourager le travail de la charrue ou de la moissonneuse, ou l'élevage des animaux.

C'est avec ce passé, c'est avec ce bagage de travaux que la Société d'agriculture de l'Eure s'est présentée à l'Exposition universelle. Elle y a exposé :

1º La collection du Recueil de ses travaux (30 volumes).

2º La statistique agricole du département ;

3º Son enquête agricole de 1866 ;

4º Trois exemplaires d'un ouvrage intitulé *Usages locaux*, première, deuxième et troisième édition. Cet ouvrage, publié par elle, est un véritable code rural qui rend de grands services et aux justiciables et aux tribunaux ;

5º La description géologique du département de l'Eure, par M. Antoine Passy, de l'Institut ;

6º La carte géologique du département, se référant à l'ouvrage précédent.

Elle a exposé en outre une foule de produits agricoles fournis par des agriculteurs dont la plupart sont membres de la Société ;

Tout récemment, en 1877, elle avait obtenu, à la Sorbonne, une médaille dans le concours institué entre toutes les sociétés académiques de province.

En 1878, le jury des récompenses lui a décerné un diplôme d'honneur équivalant à une médaille d'or.

En outre, sur dix-huit personnes qui ont exposé

en son nom, onze ont obtenu des récompenses personnelles.

Parmi les exposants de l'Eure récompensés, dix sont membres de la Société. Ce sont MM. Béranger, Dumont-Carpentier, Quévilly fils, Boisard, Daliphard, Pouyer-Quertier, Pinel, Hérissey, Davilliers, le directeur de l'école professionnelle d'Evreux.

Ajoutons que MM. Pinel, Béranger, Dumont-Carpentier, Durvie sont tous d'anciens lauréats de la Société, qui avait déjà distingué leur mérite et honoré leurs travaux.

Voici maintenant quelques explications sur chacun de ces sous-exposants.

M. POUYER, A ROUEN. — M. Pouyer est un agronome savant, ingénieux, passionné et riche. Qu'on ne croie pas que ce soit un oisif qui a trouvé dans l'agriculture une distraction flattant ses goûts. Non, c'est un magistrat d'un rang élevé, dont la vie est toute remplie par les devoirs de sa charge, plus souvent surmenée que ménagée, et qui trouve encore moyen, parmi tant de soins, de s'occuper de travaux agricoles, et d'introduire dans ses fermes les plus heureuses innovations.

C'est surtout au perfectionnement des procédés de travail qu'il a donné ses soins, et à l'aménagement intelligent de tous les bâtiments nécessaires à l'exploitation d'une ferme. Il a, sous ce rapport, créé de véritables modèles dans ses fermes de Lisors et d'Amfreville-sur-Iton.

La ferme de Lisors contient environ cent cin-

quante hectares. Elle est située dans le département
de l'Eure, à la limite du Vexin et près de la forêt de
Lyons. Elle est montée comme une manufacture.

Ce ne sont partout que courroies, volants, arbres
de couche, mouvements circulaires ou de va-et-
vient. Toute l'exploitation se fait ainsi. C'est un
petit ruisseau, ingénieusement utilisé, qui produit
tout ce mouvement et tout ce travail. Il coulait
inutile et ignoré au bas de la cour de la ferme,
lorsque M. Pouyer le découvrit, l'exploita avec
une rare sagacité, et en tira tous ces services.

Il le prit au point où il entre dans la propriété,
le détourna de son cours, le canalisa sur une longueur de huit cents mètres, ce qui permit de gagner
6^m, 60 sur la pente du cours naturel, et l'amena
à l'endroit le plus élevé de la cour de la ferme,
avec 6^m, 60 de chute au-dessus du niveau du sol.
Puis, au moyen d'une canalisation souterraine et
d'une turbine, il porta l'eau et le mouvement dans
toutes les cours et tous les bâtiments d'exploitation.

La canalisation est en tuyaux de fonte. Elle
s'ouvre sur l'aqueduc dont l'élévation fournit une
poussée suffisante pour envoyer l'eau partout où
elle est utile. Elle est amenée ainsi, et débitée par
des robinets dans la maison du fermier, dans un
lavoir construit tout près de là, dans les laiteries,
le pressoir, l'étable, l'écurie, les bergeries et les porcheries. Des conduits la font passer dans les cours
et dans le jardin. Dans les cours, on lui a creusé
des cuvettes où elle s'étale en mares d'eau courante
et sans cesse renouvelée. Près des fumiers et dans

le jardin on a ménagé aux robinets l'adaptation de tuyaux en toile armés d'une lance pour l'arrosage.

La turbine, établie sous la chute, met en mouvement quatre arbres horizontaux, qui, au moyen de câbles métalliques, distribuent sa force dans tous les bâtiments où elle est nécessaire.

Cette force est d'environ quatre chevaux-vapeur.

Elle fait agir une machine à battre, qui bat environ soixante gerbes à l'heure, un laveur de racines, un coupe-racines, un hache-paille, un cribleur. Elle fait le beurre dans la laiterie, et le cidre dans le pressoir. Elle tourne la meule où l'on remet en état les outils de la ferme. Enfin elle va, à cent quatre-vingts mètres de distance, actionner un malaxeur, triturer l'argile pour le service d'une briqueterie, et mettre en mouvement une pompe qui élève l'eau dans cette briqueterie à une hauteur de neuf mètres.

L'eau du ruisseau ayant été ainsi utilisée, est enfin rendue à son cours naturel, dans la partie basse de la cour de la ferme, par un aqueduc souterrain en maçonnerie.

Quant à l'aménagement des bâtiments, il est conçu de la façon la plus heureuse pour rendre la main-d'œuvre presque nulle et le travail facile et rapide.

Dans le pressoir, par exemple, on voit les pommes entassées sur un plancher à hauteur d'entresol. Sous ce plancher est le broyeur où elles tombent d'elles-mêmes. Sous le broyeur est la cage pour la pressée. De là le cidre coule dans une fosse en maçonnerie creusée en contre-bas, et une pompe le porte dans les tonneaux rangés tout près de là dans le cellier.

Dans l'écurie, dans la vacherie, dans les bergeries, on accède aux greniers à fourrages, non par des lucarnes extérieures, mais par des trappes intérieures, afin que les ouvriers ne soient pas mouillés quand il pleut, et que la nourriture des animaux ne tombe pas dans la boue.

La vacherie peut contenir quarante-cinq vaches et vingt veaux. Les animaux sont rangés côte à côte, et forment une rangée qui occupe toute la longueur du bâtiment. Derrière eux, on a ménagé un chemin de service par lequel on les approche pour les traire. Devant eux, sont des râteliers à claire voie. Un second chemin de service, parallèle au premier, longe les râteliers, et permet de les garnir rapidement et sans déranger les animaux. Les trappes qui accèdent aux greniers s'ouvrent au-dessus du chemin, de façon que le fourrage y tombe et se trouve ainsi à pied d'œuvre. Un réservoir, placé à une extrémité du bâtiment, alimente instantanément et à volonté un courant d'eau qui passe, dans une auge, devant chaque animal, l'abreuve et va se perdre par l'extrémité opposée. Grâce à cet habile aménagement, un seul homme peut faire le service de tout le troupeau, et comme les détails en sont faciles, il y a moins de fautes ou de négligences à redouter.

La laiterie est organisée avec la même intelligence des choses, et le même soin. Elle se compose de trois pièces : la crèmerie, où se trouve la baratte, et deux laiteries, une pour l'hiver, une pour l'été. Elle est à fleur de sol et non en contrebas. La températature y est entretenue en toute saison au degré convenable pour la montée de la crème. En hiver, elle y est élevée et maintenue par un calorifère. En été, elle y est abaissée au moyen de la vaporisation de l'eau. L'eau est amenée dans des tuyaux qui circulent autour du plafond, et qui sont percés de place en place de petits trous très-fins : elle s'échappe par ces trous en jets capillaires, suinte le long des parois des murs, et produit ainsi un refroidissement suffisant. L'aération, si indispensable pour combattre les effets de l'humidité et prévenir la formation des mauvaises odeurs, est obtenue au moyen de baies pratiquées dans les murs et garnies de toiles métalliques qui empêchent le passage des mouches.

La baratte est mue, comme nous l'avons dit, par la force de la turbine. Son mouvement peut être ralenti ou accéléré par l'emploi de poulies de diamètres différents. La production du beurre est d'environ cinquante à cinquante-cinq kilogrammes par semaine. Ainsi, tout est organisé et machiné de la façon la plus habile et la plus heureuse pour rendre le travail facile et diminuer considérablement la main-d'œuvre.

Nous trouvons les mêmes soins et les mêmes réussites dans les fermes d'Amfreville-sur-Iton.

Les deux fermes d'Amfreville comprennent ensemble, et chacune pour moitié, quatre-vingt-douze hectares de prairies, pâtures et labours. Elles sont outillées avec la même libéralité, et vont être mises en mouvement par des procédés aussi ingénieux.

La laiterie, avec baratte mécanique, le pressoir, le cellier, la vacherie pour dix-sept vaches et un taureau, avec réservoir et courant d'eau, l'écurie pour quatre chevaux, la grange avec batterie mécanique sont aménagés comme dans la ferme de Lisors. Mais il n'y a pas là comme à Lisors un petit ruisseau pouvant fournir de l'eau et de la force pour le service de l'exploitation. M. Pouyer a eu l'idée d'y employer, à la place, le gaz d'éclairage produit par le procédé de MM. Maring et Mertz, de Bâle, et la machine Otto, que l'on a pu voir fonctionner à l'Exposition, dans le pavillon de la compagnie parisienne du gaz, avec une perfection admirable.

L'appareil de MM. Maring et Mertz est d'un prix modique, d'une dimension peu considérable, d'un entretien peu coûteux. La machine Otto, qui a été installée à Amfreville-sur-Iton, est de la force de quatre chevaux. Outre les travaux agricoles auxquels elle sera employée, elle puisera de l'eau dans un puits peu profond, et l'élèvera dans un réservoir d'une contenance de soixante hectolitres, construit à une élévation convenable, et d'où l'eau se répandra dans les cours et bâtiments de la ferme, dans les communs du château, dans les jardins et dans le parc. Le gaz sera, en outre, utilisé pour l'éclairage, le chauffage et la cuisine, soit dans le château, soit dans les bâtiments de la ferme, et les habitations de tous les employés et domestiques du domaine.

Les autres fermes de Saône-Saint-Just, des Guiseniers, des Blancs-Monts n'ont pas été moins bien pourvues. Dans les deux dernières, où la force

14

hydraulique fait défaut, le mouvement est distribué au moyen d'un manége mû par des chevaux; dans la première, c'est un bélier qui élève l'eau et la distribue dans le corps de ferme et jusque dans les herbages.

Voilà avec quelle habileté et quelle résolution M. Pouyer apporte dans ses fermes des outillages jusqu'alors inconnus dans nos campagnes, et avec quelle imagination féconde il en tire les services les plus inattendus. Mais ce n'est pas seulement par des bienfaits d'ingénieur, c'est aussi par d'habiles travaux d'agronome qu'il a bien mérité de l'agriculture. Ainsi, il a fait des plantations de pommiers importantes, dont la réussite doit recommander la méthode. Il a fait, dans des terres en mauvais état, des applications raisonnées d'engrais artificiel qui ont eu des résultats merveilleux. Il a introduit dans ses bois des aménagements de coupes qui en augmentent le produit, et dans ses prairies un système d'irrigation qui en développe la fertilité.

Sans doute il faut des circonstances bien favorables pour rendre possible l'application, dans les fermes, de machines dont le profit est manifeste, mais dont l'établissement ne laisse pas que de nécessiter des avances importantes. Peu de propriétaires et encore moins de fermiers en ont les moyens. Mais la rencontre la plus heureuse, à coup sûr, est celle d'un propriétaire qui, ayant en main la richesse, ait en même temps l'intelligence et le goût des améliorations agricoles. M. Pouyer, que les soins et les travaux d'une haute magistrature semblaient devoir éloigner des occupations de la campagne et des intérêts auxquels elles se rattachent, s'est obstinément rapproché d'eux, et leur a consacré des sommes considérables et les soins les plus méritoires.

C'est avec ce riche bagage qu'il s'est présenté à l'Exposition universelle où il a envoyé des plans et des notices relatifs à l'agriculture, en général, et particulièrement aux améliorations introduites dans la ferme d'Amfreville-sur-Iton, que nous venons de mentionner.

Il avait déjà vu ses heureuses conceptions récompensées par des distinctions qui en consacraient le mérite. Déjà la Société libre d'agriculture de l'Eure lui avait décerné une médaille d'or. Déjà le jury du concours régional de Rouen, tenu en 1876, lui avait accordé un objet d'art, et l'Association normande, dans son congrès provincial tenu la même année, lui avait décerné une médaille de vermeil. Le jury des récompenses de l'Exposition universelle de 1878 s'est associé à ces précédents en accordant à M. Pouyer une médaille d'argent.

M. DUMOUTIER, À CLAVILLE. — De tous les exposants qui ont figuré sous le nom de la Société d'agriculture de l'Eure, M. Dumoutier, qui est un de ses membres, est de beaucoup le plus important.

Son exposition embrasse à peu près la totalité des produits de l'industrie agricole de notre pays, dans toutes leurs espèces et toutes leurs variétés.

Il n'y a pas moins de 115 objets exposés.

Ce sont :

Des blés Chiddam de 1876 et 1877 ;

— Golden drop —

— Kesfing land —

— Hallett S. de 1876 ;

— Victoria de 1877 ;

— Thickset —

dont nous voyons la gerbe à côté de la graine,

Des avoines, noire n°˙ 1 et 2, grise, rouge, blanche de printemps, blanche d'hiver, graine et gerbe ;

Des seigles, orges, sarrasins, graine et gerbe ;

Des pois gris, vesces, sainfoin simple en graine et bottes ;

Sainfoin double, 1re et 2e coupes, bottes et graines ;

Luzerne de pays, 1re et 2e coupes ;

Trèfle violet, minettes, trèfle incarnat, cardère, lin, colza ;

Pommes de terre shard, chardon, vitelotte, longue de Hollande, margolin, saucisse, blanchard, early rose ;

Betteraves globe jaune, corne de bœuf, disette rouge et disette blanche ;

Betteraves à sucre, silésie à collet vert, silésie à collet rose ;

Carottes, blanche à collet vert, rouge demi-longue, obtuse ;

Pommes à cidre, Longbois, Binet, Marin-Honfray, Massieu, Coquerel, Charpentier, Danty, Reinette douce.

Maïs, jaune et rouge, épi et grains ;

Toisons de moutons de 2 ans et demi ;

Toisons de moutons de 3 ans;

Cidre en bouteilles de 1876 et 1877;

Eau-de-vie de cidre de 1848.

Cette longue énumération montre sur combien d'objets de cultures et de fabrications diverses s'exercent l'activité et l'industrie de M. Dumoutier. Et elle ne montre pas tout!

Il y a encore le lait et ses dérivés. Il y a l'élevage et l'engraissage des animaux pour la boucherie ou la reproduction. Ces industries ont figuré à l'esplanade des Invalides.

Homme d'une vive intelligence, doué d'un rare esprit d'initiative et de progrès, se tenant au courant, on peut dire aux aguets de toutes les inventions nouvelles qui concernent l'agriculture, les apportant dans son exploitation et les soumettant à l'épreuve de l'action, les rejetant sans hésitation quand elles n'ont pas tenu leurs promesses, pour courir à de nouveaux sacrifices et à de nouvelles expérimentations, M. Dumoutier va partout cherchant des perfectionnements et des idées neuves; prend part à tous les concours, y paraît toujours au premier rang, brigue tous les prix et en remporte un grand nombre; se présente, en 1873, à l'exposition de Vienne où il obtient le diplôme de mérite, et va, en 1876, à celle de Philadelphie, où, seul de tous les agriculteurs français, il soutient l'honneur de l'agriculture nationale. Ses champs sont un atelier, ses fermes sont une manufacture, et l'esprit qui sait étudier et prendre partout les procédés les meilleurs n'est pas moins habile à les appliquer et à les mettre en œuvre.

Pour rendre bon compte de l'exposition de la Société d'agriculture de l'Eure, il faut bien dire quelques mots de l'agriculture. Nous prendrons pour type l'exploitation agricole de M. Dumoutier, son représentant le plus considérable. En faisant le tableau de cette exploitation modèle, nous ferons voir ce que sont ou ce que devraient être toutes les autres.

M. Dumoutier exploite trois fermes d'une contenance de 230 hectares environ. Il y emploie une quarantaine d'ouvriers constamment, et, au temps de la moisson, à peu près le double.

La main-d'œuvre est de jour en jour plus difficile à trouver. Comme les travaux ne sont pas toute l'année également pressants, il y a toujours un roulement et un renouvellement très-actif dans le personnel des fermes; à part quelques serviteurs attachés de plus près au maître, tous les autres s'éloignent après un séjour plus ou moins prolongé, avec ou sans esprit de retour. Tous les ans, quand la moisson approche, c'est une grosse affaire d'enrôler les escouades de travailleurs, et une plus grosse encore de les retenir sous le drapeau.

Il y a dans les écuries 30 à 40 chevaux et 4 bœufs d'attelage, dans les étables plus de 100 bœufs ou vaches, dans les bergeries de 400 à 600 moutons, suivant la saison; dans les porcheries, un nombre variable d'animaux.

Les lourds charrois, les forts travaux de traction sont faits par les chevaux et par les 4 bœufs d'attelage. Ces derniers font un service excellent; ils sont plus sobres et d'une santé plus robuste que les chevaux, et rendent une somme de travail bien supérieure; mais la difficulté de les recruter, et surtout celle de trouver des bouviers suffisamment habiles dans le pays, où l'usage des bœufs n'est pas répandu, constituent des inconvénients sérieux, qui sont de nature à faire hésiter sur l'emploi de ces animaux. — Les juments sont employées aux travaux moins rudes, notamment à la culture du sol, et servent en outre à la reproduction.

Les vaches laitières donnent en moyenne 15 litres de lait par jour. Leurs veaux sont vendus 8 ou 10 jours après leur naissance. — Les vaches destinées à la boucherie sont choisies de préférence dans la race normande pure, et en particulier dans la variété cotentine. En général, elles pèsent en entrant à l'étable 400 kilogrammes, et 600 en sortant. — L'engraissement des bœufs réussit beaucoup moins bien. — La nourriture des animaux d'engraissement consiste en pulpes et en tourteaux : tourteaux de lin, colza ou œillette, arachide et sésame.

Les moutons sont engraissés, soit à l'étable, soit aux champs. Il n'est point fait d'élève. Les races préférées par M. Dumoutier sont les south down, solognots, mérinos-beaucerons, et dishley-mérinos. La nourriture consiste en pulpe et fourrages.

Les porcs sont de race normande, yorkshire et berkshire. Ils sont nourris avec du son de froment, de la recoupe et de la farine d'orge, du trèfle, de la luzerne, des betteraves. — Les porcelets sont vendus aussitôt qu'ils sont sevrés.

M. Dumoutier est muni de tous les instruments, de toutes les machines anciennes et nouvelles applicabl.. à l'exécution de tous les travaux agricoles.

Pour les transports : charrettes, chariots, camions, gribanes, tombereaux, tonneaux à purin, brouettes, loges à porcs;

Pour la culture : charrues simples, charrues du pays, buttoir, scarificateur; herses du pays, à dents de fer ou de bois; herses à betteraves; houe à betteraves, système Delahaye: houe à betteraves, système Siedersleben, préférable à la première; rouleaux en fer, divisé en trois fragments;

Pour l'ensemencement : semoir en lignes (système Smyth) pour blés et betteraves; semoir à brouette, système Pinel, pour carottes et graines potagères; semoir à la volée, système Smyth, pour avoines;

Pour la récolte : moissonneuse Samuelson, pour les céréales; faucheuse Spragne pour les prairies artificielles; arracheur de betteraves, système Siedersleben; râteau à cheval;

Pour la préparation des récoltes : machine à battre, mue par une machine à vapeur locomobile, système Duvoir; tarare; trieur Penollet, pour semences;

Pour la préparation des aliments des animaux : concasseur de tourteaux, moulin, coupe-racines, mus par un manége à un cheval; hache-paille.;

Pour travaux divers : aplatisseur de pommes, et pressoir Mabile, pour la fabrication du cidre, pompe système Beaume pour l'arrosage des fumiers et les épuisements de toutes sortes ; bascule pour le pesage des animaux et des denrées.

Un album, très-soigneusement composé, représente les coupes et les profils de tous ces instruments.

Les fumiers sont fabriqués avec la litière des animaux, laquelle est faite avec de la paille ou de la bruyère.

Les terres sont fumées à raison de 40,000 kilogrammes de fumier par hectare tous les trois ans.

A la fumure par le fumier de ferme, M. Dumoutier ajoute les engrais composés principalement de superphosphate, d'os, de tourteaux avariés, de sang desséché.

Les produits cultivés par lui ne sont autres que ceux dont il a exposé des échantillons et dont nous avons donné la liste.

Nous ne pouvons indiquer les procédés de toutes ces cultures. L'aperçu qui précède est assez développé peut-être pour donner une idée de ce que doit être, dans notre pays, une exploitation agricole intelligente. Il ne faut décourager personne. Nous devons avouer que celle de M. Dumoutier est une entreprise qui ne peut être menée comme nous le voyons, que par un agriculteur hors ligne. On peut faire moins et faire encore très-bien.

Les récompenses obtenues par M. Dumoutier sont innombrables. Il y en a plus de 120 depuis 1863. — Nous nous bornerons à rappeler les plus importantes :

A Paris, en 1870, 2 médailles ;

A Evreux, en 1870, 5 prix et médailles et une mention;

A Vienne, en 1873, un diplôme de mérite;

A Paris, en 1874, un prix et une médaille;

— en 1875, un prix, une mention, 3 médailles;

— en 1876, 2 prix, une mention;

— en 1877, un prix, une médaille;

Ajoutons 23 récompenses obtenues dans les concours de la Société d'agriculture de l'Eure, de l'Association normande et de la Société des agriculteurs de France, de 1863 à 1876, pour le bétail, les produits et les instruments agricoles.

Ajoutons encore deux prix et une mention honorable à l'Exposition des animaux vivants, à l'esplanade des Invalides, à Paris, en 1878.

Ajoutons enfin une médaille d'or à lui personnellement décernée dans l'exposition collective de la Société d'agriculture de l'Eure, au Champ-de-Mars, et la part qu'il peut revendiquer dans le diplôme accordé à cette Société.

M. LEGENDRE, A VILLEZ-CHAMP-DOMINEL. — Expose:
une toison de bélier mérinos de 3 ans, 1878;

Une toison de bélier mérinos de 2 ans, 1878;

Un échantillon de laine d'agneau.

Sa production annuelle est d'environ 1,250 kilogrammes de laine de mouton, et 120 kilogrammes de laine d'agneau.

Il expose, en outre:

10 litres de blé rouge;

10 litres d'avoine d'hiver.

Il a obtenu pour cette exposition une mention honorable.

M. D'HIÉROSME DE TORLAVILLE, A BEAUBRAY. — Expose : 14 toisons de moutons et brebis, plus deux petits lots de laine d'agneau.

M. d'Hiérosme de Torlaville a exposé aussi, à l'esplanade des Invalides, des moutons et des brebis.

Les toisons exposées ici lui ont mérité une mention honorable.

M. BUISSON, A ÉVREUX. — Expose : du foin et de la paille comprimés.

M. BERVILLE. — Exposé : un échantillon de 10 litres de blé bleu.

Sa production annuelle est d'environ 150 hectolitres.

M. LEFORT, A TOURNEDOS-BOIS-HUBERT. — Expose : 10 litres de sainfoin. — En 1877, il en a récolté 9,000 kilogrammes par hectare, sur 18 hectares.

M. BOISSEL-DAUPHIN, A CHAVIGNY-BAILLEUL. — Expose : 10 litres de blé bleu.

M. HELLARD, A GOUVILLE. — Expose : une toison de brebis, 1878, de trente mois, et une toison de brebis, 1878, de dix-huit mois. — Sa production annuelle est d'environ 2,500 kilogrammes.

Il expose, en outre, un échantillon de laine d'agneau. Sa production annuelle est de 300 kilogrammes environ.

Si M. Hollard expose ici des toisons, il expose à l'esplanade des Invalides les brebis qui les portent. Les brebis lui ont mérité une mention honorable, et les toisons une médaille d'argent.

M. MONNIER, A AVIRON. — M. Monnier a exposé 4 toisons dishley mérinos.

D'après sa vieille et longue expérience de cultivateur, et ses nombreuses études comparatives, il estime que, pour notre contrée, le dishley mérinos est supérieur au métis-mérinos. — Les toisons de moutons pèsent en moyenne 5 kilogrammes, et peuvent rendre 40 p. 100 à la fabrication. Les toisons d'agneaux pèsent en moyenne 2 kilogrammes et rendent 50 p. 100 à la fabrication.

M. Monnier a obtenu une mention honorable.

M. DESSEAUX, A GRANDVILLIERS. — M. Desseaux expose 2 toisons mérinos de 1875, pesant chacune 10 kilogrammes.

Sa production annuelle est d'environ 280 toisons mérinos.

Il lui a été décerné une médaille de bronze personnelle dans l'exposition collective de la Société.

M. LECONTE, A GARAMBOUVILLE. — M. Leconte expose un échantillon de blé chiddam blanc d'Angleterre, et une glane du même pour montrer l'épi. Il sème ce blé depuis 5 ans dans son exploitation agricole, et, cette année, il a récolté trente-neuf hectolitres de grains par hectare.

M. DUMONT-CARPENTIER, A GISORS. — Nous avons déjà rencontré M. Dumont-Carpentier exposant, sous son nom, dans les classes 52 et 69, où il a obtenu de hautes récompenses, une médaille de bronze et une médaille d'or.

Il expose ici, sous le nom collectif de la Société libre d'agriculture de l'Eure, 12 échantillons de farines et gruaux provenant des récoltes du pays en 1877; des échantillons de blé, seigle, maïs, orge et féveroles, et un tableau graphique de la mouture des grains.

Ici encore il obtient une récompense; et il lui est décerné une mention honorable, en outre de sa solidarité dans le diplôme équivalant à une médaille d'or accordé à la Société.

Toutes les fois que nous avons occasion de parler du cidre, nous ne pouvons nous tenir de prêcher :

Si la pomme avait, en Normandie, la même importance que le raisin dans le Bordelais et la Champagne, ce ne serait peut-être que justice. Nous n'en sommes pas là, malheureusement. Le cidre est fait le plus souvent sans grand soin, comme aussi sans grande science, un peu par expérience, beaucoup par routine. Aussi n'est-il guère recherché hors de chez nous, et la pomme qui pourrait être une richesse commerciale de notre pays, n'en est encore qu'un produit agricole. Ah! si notre cidre était bien fait, comment douter qu'il ne se répandît bientôt hors de notre province, et qu'il n'allât désaltérer des contrées qui ne connaissent peut-être pas encore le pommier, et ne savent de la pomme que les tristes choses que leur en disent les saintes Écritures?

Il faut reconnaître pourtant que depuis quelques années le commerce des pommes et du cidre s'est sensiblement développé. L'augmentation considérable des prix en dépose, et témoigne de l'activité de la demande. La facilité et l'accroissement des moyens de transport sont pour quelque chose sans doute dans ces améliorations. Mais les efforts et les travaux de quelques industriels intelligents y sont pour plus encore, et c'est sur eux que nous devons surtout compter pour populariser partout notre bon cidre normand.

Il était dignement représenté dans l'exposition collective de la Société d'agriculture.

M. DEGRAND, INGÉNIEUR EN CHEF DU DÉPARTEMENT DE L'EURE, À ÉVREUX. — M. Degrand a envoyé des bouteilles de cidre mousseux. Ce n'était pas un cidre d'industriel, c'était un cidre d'artiste ou plutôt de chercheur et de savant, fait en petite quantité, avec un soin extrême, et en vue de trouver la formule exacte de la meilleure fabrication. C'était un cidre de laboratoire, non de cellier, et il a dû plutôt couler de la cornue que du pressoir.

M. Degrand, comprenant tout le profit qu'il y

aurait pour notre pays à perfectionner le cidre et à en faire une liqueur universellement goûtée, a consacré ses rares loisirs à des recherches, à des expériences, à des essais sur sa fabrication, et c'est le dernier de ces essais qu'il a envoyé à l'Exposition.

Les pommes qu'il y a employées sont des pommes récoltées, en 1877, dans son domaine du Buisson-de-Mai, canton de Pacy-sur-Eure. Elles ont été cueillies à la main, choisies avec soin, et les plus saines ont été placées immédiatement sur des claies, à une certaine hauteur du sol, dans un endroit clos et suffisamment sec, pour y rester jusqu'à maturité complète. On voit, à ces soins méticuleux, qu'il ne s'agit pas ici d'une fabrication industrielle, mais d'une opération scientifique. Une fois le meilleur procédé trouvé, l'industrie saura bien inventer les procédés d'application dont elle aura besoin pour une fabrication en grand.

Le moût obtenu de la pressée des pommes a été versé dans un fût, sans aucune préparation. Le fût a été bouché immédiatement et avant toute fermentation, avec un vide de quelques litres sous la bonde.

Le cidre doit rester en fût jusqu'après le travail de la fermentation.

Ce travail met plus ou moins de temps à s'accomplir, selon les années. En général, il est terminé entre le mois de février et le mois de mai.

Alors doit avoir lieu la mise en bouteilles. M. Degrand a ajouté à son cidre, à l'exemple de ce qu'on fait pour le vin de Champagne, une certaine quantité d'eau-de-vie et de vin blanc saturé de sucre, soit 2 1/2 pour 100 de chacun. Cette addition, sans augmenter le prix d'une quantité sensible, favorise la production de la mousse en même temps qu'elle donne au cidre un goût plus franc et plus agréable.

Ces expériences de fabrication, commencées depuis quelques années, ont déjà réalisé des progrès et obtenu des résultats que le jury des récompenses a dû reconnaître et distinguer. Il leur a accordé une mention honorable que M. Degrand voudra peut-être, pour le bien d'une industrie encore dans l'enfance, considérer en même temps comme un hommage rendu à ses utiles travaux, et comme une invitation à les continuer.

M. DIGEON, AU NEUBOURG. — Expose des gelées de pommes et du cidre en bouteilles.

Il fabrique, avec un grand soin, du cidre mousseux qu'il appelle — avec un orgueil peut-être un peu prématuré, mais plein de promesses — champenoise normande. Les pommes qu'il emploie sont de préférence des Bedant, des Peaux-de-vache et des Marin-Onfray. Il les pile dans une auge en pierre, circulaire, où roule une lourde meule verticale. Il fait le brassage dans la seconde moitié de novembre; et le cidre est clair et bon à mettre en bouteilles environ en mars, si le fût où il est logé est de grandeur de barrique ordinaire; en mai si le fût est plus important.

Le cidre ainsi fabriqué est excellent, et mérite

d'attirer la clientèle. M. Digeon en a livré l'an dernier 2,500 bouteilles à la consommation. Ce n'est rien
auprès de ce que ce devrait être, auprès de ce que ce
sera un jour; c'est considérable, si l'on songe que
le cidre n'est encore qu'un objet de consommation
locale.

Quant aux gelées de pommes, elles constituent
une confiture appétissante, agréable à l'œil et au
goût. Elle est d'aspect clair et limpide et de saveur
très-franche.

M. Digeon a vu plusieurs fois ses travaux et ses
soins encouragés et consacrés par des distinctions
et des récompenses. En octobre 1877, la Société
d'horticulture de la Seine-Inférieure lui accordait
une médaille de bronze. En juillet 1878, l'Association normande, tenant réunion à Vernon, lui
décerna une médaille de bronze, grand module. En
août suivant, il obtenait une médaille d'argent de
la Société d'horticulture de Honfleur.

Enfin, à l'Exposition universelle de 1878, il lui a
été accordé une médaille de bronze.

M. QUEVILLY FILS, AGRICULTEUR A BEAUMESNIL. —
M. Quevilly fils, déjà exposant sous son nom personnel, classe 75, avec des échantillons de cidres et
poirés, expose encore ici :

1° Du poiré en bouteille dit champagne normand,

2° Du cidre en bouteilles, dit tisane normande;

3° De l'eau-de-vie de cidre extra.

Il a inventé un mode de champanisation du poiré

et du cidre pour lequel il a pris un brevet, et dont les résultats sont excellents.

Il a obtenu déjà plusieurs récompenses pour ses produits :

En 1874, au concours régional de Saint-Lô ;

En 1875, au concours provincial de Granville ;

En 1876, au concours régional de Quimper ;

En 1876 encore, au concours régional de Rouen.

Une médaille d'honneur lui a été décernée, en 1875, par la Société des agriculteurs de France.

Enfin le jury des récompenses de l'Exposition de 1878, lui a décerné personnellement une mention honorable dans l'exposition collective de la Société, en outre de la médaille de bronze accordée à son exposition particulière.

M. GENTY, A GRANDVILLIERS. — Rien de plus intéressant que ce qui touche aux abeilles. Rien d'ingénieux comme les méthodes et les procédés employés pour les rassembler, les loger, les élever et finalement les dépouiller.

Elles avaient dans les jardins du Trocadéro un pavillon consacré à leurs travaux et à leurs produits. Nous aurons occasion d'en parler tout à l'heure.

C'est par rencontre que nous trouvons dans la classe 76, au milieu de l'exposition collective de la Société d'agriculture de l'Eure, des objets relatifs à l'apiculture, qui auraient figuré avec honneur au pavillon des abeilles.

M. Genty qui est un apiculteur habile, expose ici :

Une ruche à divisions verticales pour l'essaimage artificiel ;

Une ruche normande à calotte horizontale ;

Trois calottes de miel en rayon ;

Du miel en pot et de la cire jaune en briques.

La ruche à divisions verticales sur laquelle il désirait surtout que se portât l'attention du jury des récompenses, est en planches, à deux compartiments, dans chacun desquels les produits sont divisés en portions égales : chacun renferme miel, couvain et œufs de tout âge. Cette méthode semble une des plus favorables à la réussite de l'essaimage.

Le jury a accordé à M. Genty personnellement une mention honorable.

M. LECOINTE, A ÉVREUX. — M. Lecointe, professeur adjoint à l'école normale d'Evreux, et membre de la Société d'agriculture de l'Eure, a composé un recueil qui a pour titre : *Énoncés de problèmes d'arithmétique*. Ce recueil se distingue des autres ouvrages du même genre par une innovation bien simple, mais bien ingénieuse, qui doit produire sur l'esprit des enfants les meilleurs résultats.

Ordinairement les énoncés de problèmes sont pris au hasard et sur des données de fantaisie. Ceux de M. Lecointe sont tous fondés sur des données exactes et des faits vrais, empruntés aux sciences physiques et naturelles, à l'économie domestique, principalement à l'agriculture. C'est bien simple encore une fois, mais à coup sûr l'idée est heureuse. Au lieu de se trouver en face d'un problème sans vie,

avec les opérations qu'il comporte, l'enfant rencontre
une affirmation, une révélation, un enseignement
dans la donnée même; et il y a chance qu'après l'a-
voir travaillée il lui en reste quelque chose. Ainsi,
tout son travail est utilisé, comme on dit en mécanique, et il n'y a aucune force perdue. Pendant qu'il
apprend les procédés du calcul, les notions d'agriculture et de science qui servent de support à ses
exercices entrent tout seuls par la porte ouverte de
son esprit, et y pénètrent sans que personne les y
pousse et sans que lui-même s'en aperçoive.

L'ouvrage de M. Lecointe a valu à son auteur une
récompense bien honorable et bien flatteuse. La
Société libre d'agriculture de l'Eure a décidé qu'il
serait donné en prix aux lauréats de ses concours
d'enseignement agricole ainsi qu'à leurs instituteurs.

Mlle CHESNON, A ÉVREUX. — Mlle Chesnon expose un
herbier composé et classé par son père, feu M. Ches-
non, ancien directeur de l'école normale d'Evreux,
et membre de plusieurs sociétés savantes.

Cet herbier comprend : 1° la collection complète
des espèces et des variétés phanérogames et cryptogames semi-vasculaires, décrites dans *la Flore*, de
M. Berbisson; 2° un grand nombre d'échantillons
propres à faire voir les modifications de forme que
peuvent subir certaines espèces litigieuses ainsi que
les cas d'anomalies et l'hybridation observés par
l'auteur pendant 60 années d'études; 3° une collection
considérable de cryptogames, hépatiques, mousses,
lichens, champignons et algues; 4° une collection

importante de plantes alimentaires, médicinales,
industrielles, etc.

Chaque échantillon est préparé sur une feuille de
papier où l'auteur a rédigé un bulletin indiquant,
outre le nom scientifique de la plante, son nom
vulgaire, l'époque de sa floraison, ses propriétés, etc.

Le tout est contenu et classé dans 50 cartons qui
forment un bien petit volume quand on songe à
l'énorme travail et à l'immense érudition qu'ils ren-
ferment [1].

CLASSE 83. — INSECTES UTILES ET INSECTES NUISIBLES

M. DUGUAY, A FONTAINE-SOUS-JOUY.

M. Duguay, fabricant de miel et de .... , a exposé
un échantillon de cire jaune de sa produ...on courante. Son exposition se présentait mode.cement;
elle était pourtant d'un homme qui n'est ni le premier venu dans son industrie, ni un nouveau venu
dans les expositions. Il s'était présenté précédemment dans six concours, et y avait obtenu six récompenses, deux médailles d'or, deux médailles de
première classe et deux médailles de bronze.

---

[1] Nous croyons savoir que les propriétaires actuels seraient disposés à se défaire de cette collection. Ce serait une belle acquisi-
tion et une bonne fortune pour un musée scientifique ou pour un
établissement d'instruction publique.

M. PULLIGNY (VICOMTE DE), AU CHESNAY, PRÈS ÉCOS.

M. de Pulligny n'est pas un simple exposant, dans ce charmant pavillon des abeilles qui portait pour enseigne : « Insectes utiles et insectes nuisibles » ; il en est le véritable organisateur, et son principal but, en façonnant de ses mains le gracieux modèle de ruches que nous y avons vu, fut de rehausser l'éclat d'une exhibition dont la décoration était confiée à son art et à son bon goût. Rien de plus simple et de plus ingénieux que ces petites ruches à toit mobile, permettant la récolte du miel sans détruire ou gêner les abeilles. Chaque demeure a son nom : dominante, grondante, piquante, attachante, butinante, etc., correspondant à un registre où sont consignés le nombre et le poids des essaims, et les quantités de miel et de cire. Des ruches d'observation, munies de châssis vitrés, occupent une tablette de la chambre de l'apiculteur.

Ce ne fut pas peu de chose que d'organiser ce pavillon. Nommé secrétaire-trésorier de la classe 83, M. de Pulligny fut spécialement délégué par ses collègues pour son installation. Le local était d'une exiguïté désespérante. Les parois des murs, toutes fraîches encore, menaçaient de compromettre des collections scientifiques du plus grand prix. Classement des livres, des collections d'insectes, des microscopes, des élevages de vers à soie, etc., etc. ; jalousies entre apiculteurs et sériciculteurs ; compétitions d'exposants qui, ayant tous payé, désiraient tous occuper la bonne place ; plaintes de la colonie étrangère, dont les produits, sucres, fruits, friandises, étaient exposés au pillage des abeilles ; telles furent, en abrégé, les difficultés à résoudre, les contradictions à concilier. Malgré tant de mauvaises chances, l'organisateur, avec beaucoup de peine et surtout de diplomatie, s'en est tiré à la satisfaction générale ; et, puisque le comité d'installation lui a laissé toute la responsabilité, il est juste de lui attribuer tout le mérite d'un succès attesté par un chiffre de visiteurs qui a dépassé 25,000 par jour.

CLASSE 84. — POISSONS, CRUSTACÉS, MOLLUSQUES.

M. PULLIGNY (LE VICOMTE DE).

Dans cette classe, M. de Pulligny a présenté un beau plan en relief où il a accentué avec une touche vigoureuse les diverses inflexions d'un levé de marais insalubre approprié par lui à la pisciculture et aux différentes phases de l'éclosion artificielle. D'abondantes sources serpentent dans des rochers tapissés de mousses et de fougères rares, puis retombent en cascades dans une rivière factice très-étendue qui se déverse elle-même dans de vastes étangs. Ce cours d'eau est orné des feuillages variés d'une flore exotique depuis longtemps acclimatée dans ses eaux.

Ce plan est une œuvre qui méritait d'être distinguée. Il faisait voir avec une netteté parfaite les travaux que M. de Pulligny avait exécutés, la valeur qu'il avait donnée à un marais jusqu'alors inutile, et aussi la grâce qu'il avait jetée dans un coin de paysage jusqu'alors sans charme. Le jury a décerné à l'auteur une médaille d'argent.

GROUPE IX.

HORTICULTURE.

CLASSE 85. — SERRES ET MATÉRIEL DE L'HORTICULTURE.

M. HACHLER, A GISORS.

M. Hachler est lampiste. Il a inventé et envoyé à l'Exposition un appareil pour préserver les arbres fruitiers de la visite et du ravage des insectes ou animaux rongeurs, et il a pris un brevet pour l'exploitation de son invention.

Elle est bien simple, son invention. Elle consiste en une feuille de métal verni à laquelle on donne la forme d'un abat-jour. Le tronc de l'arbre est introduit au milieu de l'appareil par une section transversale, à la place qu'occupe le verre de lampe dans le vrai abat-jour. La section est fermée par des agrafes ou des charnières, et le tout est fixé au tronc par une garniture ou collier de caoutchouc qu'on serre avec une corde ou une courroie.

On devine que la profession de lampiste qu'exerce M. Hachler n'a pas nui à la découverte. Quoiqu'il en soit, il est bien certain qu'un animal quelconque, grimpant d'en bas et arrivant au sommet de l'abat-jour en dessous, ne pourra jamais franchir l'obstacle, et devra ou rebrousser chemin ou tomber à terre. Quant aux insectes qui seraient tentés de cheminer en dessous de la feuille de métal pour gagner la face supérieure, M. Hachler enduit à leur intention la face inférieure d'une matière insecticide. Ainsi la tête de l'arbre est bien absolument préservée des attaques de tout ennemi qui n'a pas des ailes.

Que s'il s'agit de défendre des espaliers, et non des arbres isolés, la feuille de métal, au lieu de se tourner en chapeau autour du tronc d'arbre, sera taillée en lame et adaptée à l'espalier en forme de saillie d'égout.

Si simple qu'elle soit, l'invention de M. Hachler est spirituelle et ingénieuse, surtout appliquée aux arbres isolés. Le jury paraît avoir été de cet avis; car il lui a décerné une mention honorable.

M. HAMEL.

M. Hamel fabrique et a exposé de la moutarde normande, de la présure ou tournure à cailler le lait pour la confection des fromages, et du *mastic Saint-Fiacre*.

Ce mastic est une pâte molle et compacte, à l'usage des jardiniers et arboriculteurs. Elle s'applique aux greffes, aux entailles, aux plaies des arbres, et les enveloppe d'un enduit parfaitement hermétique qui arrête l'écoulement de la séve, et détermine la cicatrisation.

Les produits similaires, notamment ceux de M. Lhomme-Lefort, à Paris-Belleville, ont l'inconvénient de se durcir en vieillissant, et de former à la surface dans le flacon, une croûte qui n'est plus d'aucun usage, et qu'on est obligé d'enlever et de perdre. En outre, et ceci est plus grave, ils ont presque tous celui de se fendiller sous l'action du soleil, et de laisser pénétrer l'air sur les plaies qu'ils ont pour but de garantir. Le mastic de M. Hamel ne sèche point, ne se gerce point, et constitue ainsi un revêtement toujours solide et complet.

M. Hamel a obtenu déjà plusieurs récompenses honorifiques dans divers concours industriels :

En 1872, au Mans, une médaille de bronze pour sa moutarde normande et sa présure;

La même année, une médaille d'argent, à Beaumont-le-Roger;

En 1873, une médaille de bronze, à Bernay;

En 1875, une médaille d'honneur, à Paris;

En 1877, une mention honorable, à Paris;

En 1878, une médaille de 1re classe, à Voltri (Italie).

CLASSES 86 A 90.

M. PULLIGNY (VICOMTE DE), A ÉCOS.

M. de Pulligny, que nous avons vu si actif, si
intelligent, si artiste surtout, dans les diverses expositions où nous l'avons déjà rencontré, expose
encore dans les classes 86-90 des produits dignes
d'attarder notre visite. Ses plantations de conifères
d'espèces nouvelles importées de ses nombreux et
lointains voyages font l'objet d'une intéressante
communication accueillie avec faveur par la section d'horticulture. Il faut voir la vigueur de végéta-
tion de ces beaux arbres pour comprendre l'immense
service qu'ils sont appelés à rendre aux reboise-
ments ; car on sait avec quelle persistance des
agents peu éclairés se sont obstinés longtemps à
arracher nos forêts, sans souci des perturbations
que ce système devait causer à la climatologie de la
France. Les plantations de ces espèces nouvelles
sur les plateaux du Chesnay peuvent compter parmi
les plus belles de Normandie, et nous sommes heureux de rappeler qu'elles ont obtenu plusieurs
médailles, dont une en argent, de la Société d'accli-
matation de Paris.

EXPOSITION RÉTROSPECTIVE

AU TROCADÉRO.

Les collectionneurs ont bien la prétention de n'être pas ce qu'un vain peuple pense. Et ils ont peut-être un peu raison. Les exhibitions merveilleuses auxquelles ils nous font parfois assister témoignent singulièrement en leur faveur et devraient désarmer les préventions les plus résolues. On y voit le dessus du panier de leurs collections et la fleur de leurs vitrines ; on se rend compte alors que la passion de l'antiquaire est faite, pour une grande part, avec l'amour des belles choses ; et l'indifférence ou la raillerie devraient tomber devant l'admiration.

Qu'on se rappelle seulement cette exposition exquise dite des Alsaciens-Lorrains, faite, il y a quelques années, au palais du Corps législatif, et l'exposition toute récente du Trocadéro. Il y avait là, nous nous en souvenons tous, des salles qu'on aurait voulu parcourir à genoux. Ce que tout cela représentait de richesses est énorme ; mais ce qui est plus prodigieux encore, c'est ce que tout cela représentait de recherches, de travaux, de fatigues et de soins. Nous autres, Velches, nous nous figurons le collectionneur comme un homme qui sertirait une tête de clou et enchâsserait un tesson. Ce n'est là que la caricature d'une passion élevée, digne de respect, et à laquelle les érudits doivent plus d'une révélation, les savants plus d'une découverte, et les simples Velches eux-mêmes plus d'un plaisir.

Le département de l'Eure comptait au palais du Trocadéro plusieurs exposants, dont les envois n'ont pas laissé que d'attirer les regards des visiteurs.

Voici leurs noms :

Département de l'Eure,

MM. Bréauté,

Lecoq,

Pulligny (le vicomte de).

LE DÉPARTEMENT DE L'EURE.

Il avait tiré du musée d'Evreux, dont la conservation est confiée au savant M. Chassant, et envoyé au Trocadéro :

BRONZES DU VIEIL-ÉVREUX.

1° Un Jupiter Stator ;

2° Une Vénus hermaphrodite ;

3° Un génie ailé ;

4° Un Bacchus ;

5° Un sylvain ;

6° Un bras nu ;

7° Un bras vêtu ;

8° Une cloche ;

9° Un vase à anse ;

10° Une inscription fragmentée sur une table de bronze ;

11° Une petite chèvre, avec son support, en bronze ;

12° Un petit sanglier doublé d'argent ;

STATUES ET STATUETTES DU VIEIL-ÉVREUX.

Deux socles en marbre noir poli, de forme ronde ;

Deux piédestaux en bois, peint, imitation de marbre ;

Trois petits supports en façon de piédestal, en marbre blanc poli.

Ce ne fut pas chose simple que de déterminer le département à se dessaisir de ces précieux objets, et surtout de leur assurer au Trocadéro une place qui fût digne d'eux. Il fallut négocier, et ce fut M. le vicomte de Pulligny qui se chargea de la négociation, et qui la mena à bien. Le Jupiter Stator a été placé sur un socle, isolé de tout, et bien en vue, une place d'honneur, et l'on peut dire qu'il a été une des gloires de la section gallo-romaine.

M. BRÉAUTÉ, A VERNON.

Nous trouvons encore au Trocadéro M. Bréauté, qui y avait exposé une collection de boutons.

Si nous voulons entrer chez M. Bréauté, nous ne serons pas embarrassés pour trouver la porte. Elle est toute couverte et décorée au dehors d'objets étranges qui attirent le regard, et ne laissent aucun doute. Dès qu'on a franchi le seuil, on n'appartient plus à ce monde-ci ni à ce temps-ci, et les objets qui vous environnent font oublier la vie contemporaine.

Le maître du logis appartient à la fin du XVIII° siècle. Il vous conduit avec une complaisance parfaite par tous les sentiers, détours, coins, pièces, cabinets et recoins où sont rangés dans une confusion pleine de méthode et un désordre supérieurement entendu les milliers d'objets qui composent sa collection. C'est partout un encombrement qui entrave ou inquiète la marche, c'est à chaque pas comme un décor de théâtre où les temps se succèdent et les siècles passent devant les yeux avec une rapidité et une précision fantastiques.

Dans cette commode, ouvrez, vous trouverez, sans doute, des manchettes de M. de Buffon ; dans ce coffre, peut-être des souliers de Poulaine, dans ce vieux bahut quelque fraise.

M. Bréauté adore sa collection, naturellement. Il ne l'eût pas faite, s'il n'eût pas dû l'adorer. Tous ces bibelots, comme on dit en langue impie, font son bonheur, sa joie, sa vie.

Il ne faut rien moins que cette passion pour créer une collection. M. Bréauté travaille à la sienne depuis plus de cinquante ans.

On y remarque :

En meubles :

Des bahuts, des xiv°, xv° et xvi° siècles ; commodes, consoles, bonheur du jour, armoires normandes des xvii° et xviii° siècles ;

En ferronnerie :

Des serrures, verrous, heurtoirs, marteaux de porte et appliques en fer ciselé et découpé ;

En miniatures :

Des portraits de diverses époques ;

Des tabatières, boîtes à mouches, miniatures et peintures sur émail ;

Des bois sculptés, portes d'armoires et panneaux détachés des xiv°, xv°, xvi°, xvii° et xviii° siècles ;

Collection de lanternes ;

Collection d'armes françaises et étrangères ;

Collection d'étains.

Que dire encore ? Des médailles, des pendules, des tables, des porcelaines de Chine et du Japon, des faïences de toutes les provenances, des vieilles étoffes, des tapisseries, des montres, des éventails, des boutons.

La collection de boutons que M. Bréauté avait envoyée au Trocadéro contient des boutons des temps de Louis XIV, Louis XV, Louis XVI et du Directoire. Il y en a en wedgwood avec camées, en nacre et en ivoire gravés ; il y en a avec peinture, sur verre et sur émail ; avec dessins à la mine de plomb, et avec portraits sur étoffe des représentants du peuple en 93, Danton, Robespierre, etc. Enfin, il y en a en acier, qui sont très-finement travaillés.

Il avait envoyé aussi un autre cadre en fer découpé et gravé renfermant des serrures, marteaux, heurtoirs et appliques.

M. LECOQ, CURÉ DE GUISENIERS.

Le département de l'Eure revendique encore, comme exposant au Trocadéro, M. Lecoq, docteur en médecine, curé de Guiseniers, un collectionneur ardent, dont le travail passionné et l'érudition patiente ont composé une collection considérable embrassant à peu près toutes les branches de la science de l'antiquaire.

Son cabinet contient :

Quelques échantillons de fossiles, os de mammouth, corail;

Des objets appartenant aux âges de pierre et de bronze;

Silex de diverses époques;

Instruments en os et en corne;

Crânes humains;

Bronzes;

Des objets appartenant à l'époque romaine;

250 pièces de monnaie à l'effigie des empereurs;

Pavés, mosaïques, lampes, poteries, ornements;

Des objets appartenant à l'époque mérovingienne, et à celle de l'invasion des Normands;

Tombeaux, vases, ornements en cuivre, crânes, instruments de guerre;

Des meubles : bahuts de diverses époques, sculptures, statues, reliquaires, etc;

Des faïences de Rouen, Strasbourg, etc;

Des minéraux : échantillons de minerais et de pierres précieuses;

Des pièces d'ornithologie, 150 environ;

Enfin, un herbier comprenant à peu près toutes les plantes du Vexin normand.

M. Lecoq a trouvé dans son voisinage la plupart des objets qui composent ses collections. Quelle qu'en soit la richesse, il ne veut pas s'en tenir là, et il travaille toujours à les enrichir et à les compléter. Actuellement encore, il pratique et dirige des fouilles dans les environs de Guiseniers, et dans un cimetière mérovingien.

Il avait fait, à l'Exposition du Trocadéro, deux envois. Le premier seul a été exposé; le second n'a pu l'être, faute de place. Les objets du premier, au nombre de 150 à 200, étaient des silex, des instruments en os et en corne, quelques bronzes appartenant aux âges de pierre et de bronze. Ils étaient dans les vitrines 8, 10 et 16, salle 1re, aile gauche du palais, et dans la vitrine centrale, salle de l'Afrique et de l'Océanie, aile droite.

Ainsi quatre vitrines étaient occupées par l'exposition des antiquités envoyées par M. Lecoq, et les habiles ordonnateurs du Trocadéro les avaient placées de façon qu'elles ne pussent échapper aux regards des connaisseurs.

M. PULLIGNY (LE VICOMTE DE), AU CHESNAY PRÈS ECOS.

Nous avons vu M. de Pulligny exposant dans
les classes 66, 83, 84, 86-90. Mais c'est ici, au
Trocadéro, parmi les objets d'art et de science,
qu'il est vraiment à sa place.

Voici d'abord une série de silex fort rares re-
cueillis par lui dans le canton d'Ecos, si riche en
souvenirs préhistoriques, et cependant si peu ex-
ploré; puis, une superbe épée de l'âge du bronze
parfaitement conservée, et d'un type unique. Le
musée de Saint-Germain en Laye a sollicité la
faveur de la faire surmouler. Plus loin, dans cette
merveilleuse exhibition rétrospective, de charmants
coffrets, des serrures, des clés nous montrent le
goût que les artisans français du xvᵉ siècle sa-
vaient déployer dans le travail des métaux, et particulièrement dans la confection des ferronneries
artistiques. Plus loin, un reliquaire, une écuelle,
une tasse, un plat en argent massif; toutes ces
pièces délicatement ciselées nous rappellent le style
et le fini de l'orfèvrerie du xviᵉ siècle. Enfin, de
jolies faïences du xviiᵉ, une râpe à tabac de la
plus grande rareté, différents objets de vieux
Rouen, puis un plat de Moustiers orné des léopards
de Normandie, surmontés de la couronne ducale,
au sujet duquel M. Raymond Bordeaux a écrit
une savante dissertation.

Dans la galerie d'anthropologie, nous voyons

un lot de silex des trois âges de la pierre, appelé à figurer dans l'ouvrage sur « l'*Art préhistorique dans l'Ouest et principalement en haute Normandie*», publié en ce moment sous le patronage et avec le concours de la Société libre de l'Eure.

Tels sont les objets d'art et spécimens exposés par M. de Pulligny. Mais ce compte rendu ne serait pas complet s'il ne nous permettait de jeter un rapide coup d'œil sur le château du Chesnay-Haguest, qui renferme les richesses de sa merveilleuse collection.

Il nous faudrait un cadre plus large que celui dont nous disposons pour parler en détail du château, restauré par M. de Pulligny, et pour analyser cette page de l'histoire de l'art.

Ce ne serait pas sans plaisir pourtant que nous ferions passer sous les yeux du lecteur chacune de ces façades d'un caractère si opposé, quoique appartenant à la même époque, ces gracieuses tourelles, ces tours, ces fenêtres hautes à meneaux et croisillons, ces toits aigus échancrés de guipure, bordés d'acrotères finement découpés. Nous voudrions énumérer ces centaines d'aiguilles, de clochetons, de pinacles, fleurons, pendentifs, feuilles et fruits de lambrequins; suivre dans les frises les ornements de chêne d'où le château a pris son nom, et qui laissent voir, parmi leurs enlacements capricieux, les épisodes les plus intéressants de la vie des hôtes de la forêt; dessiner les gargouilles fantastiques, les marmousets, les personnages vêtus du costume du temps; parcourir les grandes salles aux plafonds rehaussés de rinceaux, d'arabesques encadrant des sujets de fabliaux, de chasses, de joux, de scènes d'autrefois ; détailler les vitraux, les anciennes boiseries, les stalles, les bahuts, coffres, dressoirs, crédences couvertes de vieilles faïences, de riches aiguières, d'objets d'art de toutes sortes.

Il est regrettable de ne pouvoir faire entrer dans ce compte rendu restreint l'exposé complet de cette œuvre, fruit d'une étude intelligente et passionnée. Nous pouvons dire que c'est le moyen âge pris sur le fait. Or, nous le répétons, toutes les sculptures, peintures, ferronneries et jusqu'aux plombs repoussés et ciselés sont sortis des mains infatigables de M. de Pulligny ; et les milliers de signatures, inscrites sur le livre ouvert au Chesnay pour les visiteurs, témoignent du puissant attrait que cette restauration si savamment traitée offre au public désireux de s'instruire.

Nous ne saurions mieux faire, pour compléter notre pensée, que de renvoyer le lecteur au remarquable rapport de M. Charles Blanc de l'Institut, alors directeur des Beaux-Arts, au ministre de l'instruction publique (12 août 1873).

ANIMAUX VIVANTS

ESPLANADE DES INVALIDES

En même temps que l'Exposition universelle, au Champ-de-Mars il y eut, en 1878, un concours d'animaux vivants à l'esplanade des Invalides.

Là aussi le département de l'Eure a été représenté avec distinction, et ses exposants y ont remporté des récompenses.

Nous nous bornerons ici à peu près aux indications d'un simple catalogue, que nous diviserons en deux parties. La première sera consacrée à l'exposition des espèces bovine, ovine et porcine et aux animaux de basse-cour. La seconde s'occupera de l'exposition des chiens. Nous croyons devoir faire cette division d'abord parce que l'exposition des chiens a eu lieu séparément, et ensuite parce qu'elle n'est pas exclusivement industrielle, et qu'elle a tout un côté sportique qui lui assigne une place à part.

Voici la liste des exposants du département de l'Eure.

PREMIÈRE PARTIE

ESPÈCES BOVINE, OVINE, PORCINE. — ANIMAUX DE BASSE-COUR

MM. Dumoutier, à Claville ;
Hellard, à Gouville ;
d'Hiérosme de Torlaville, à Beaubray.

DEUXIÈME PARTIE

ESPÈCE CANINE

MM. Vicomte Dauger, à Menneval ;
Genisson, à Évreux ;
Le Ménager, à Conches ;
Perrier, à Damville.

PREMIÈRE PARTIE

ESPÈCES BOVINE, OVINE, PORCINE. -- ANIMAUX DE BASSE-COUR

M. D'HIÉROSME DE TORLAVILLE, A BEAUBRAY.

A exposé :

ESPÈCE BOVINE (CATALOGUE OFFICIEL)

N° 433, une vache bringée de seize mois ;

ESPÈCE OVINE

N°ˢ 295 et 296, deux métis mérinos de dix-huit mois ;

N° 333, un lot de brebis métis mérinos de dix-huit mois ;

N°ˢ 395 et 396, deux métis mérinos de trente mois ;

N° 480, un lot de brebis métis mérinos de trente mois.

Nous avons déjà eu l'occasion de parler de M. d'Hiérosme de Torlaville, qui a exposé des toisons au Champ-de-Mars, dans l'exposition collective de la Société d'agriculture de l'Eure, et y a obtenu une mention honorable.

M. DUMOUTIER, A CLAVILLE.

M. Dumoutier est aussi un exposant de la Société libre d'agriculture de l'Eure. Dans l'exposition collective, il a obtenu une médaille d'or personnelle.

Il a exposé à l'esplanade des Invalides :

ESPÈCE BOVINE (CATALOGUE OFFICIEL).

N° 507, une vache bringée de cinq ans ;

ESPÈCE PORCINE,

N° 189, un porc berkshire noir de sept mois cinq jours ;

N° 250, une laie noire berkshire de dix mois sept jours ;

N° 264, une laie noire berkshire de douze mois vingt jours ;

N° 266, une laie noire berkshire de treize mois deux jours ;

ANIMAUX DE BASSE-COUR.

N° 39, un coq, race de Crèvecœur ;

N° 123, un lot de poules, race de Crèvecœur ;

N° 344, un coq blanc, race de la Flèche.

Il a obtenu un prix supplémentaire pour la vache bringée exposée sous le n° 507, un cinquième prix pour la laie noire berkshire exposée sous le n° 250, et enfin une mention honorable pour la laie noire exposée sous le n° 264.

M. HELLARD, A GOUVILLE.

M. Hellard est encore un membre de l'exposition collective de la Société d'agriculture de l'Eure où il a obtenu une médaille d'argent.

Il a exposé à l'esplanade, dans l'espèce ovine :

Sous le n° 288, un métis mérinos, dix-sept mois ;

Sous le n° 294, un métis mérinos, dix-huit mois ;

Sous le n° 332, un lot de brebis mérinos, dix-huit mois ;

Sous le n° 356, un métis mérinos, vingt-trois mois ;

Sous le n° 357, un métis mérinos vingt-trois mois ;

Sous le n° 479, un lot de brebis métis mérinos, trente mois,

Il a obtenu une mention honorable pour le n° 479.

DEUXIÈME PARTIE

ESPÈCE CANINE

M. LE VICOMTE DAUGER, A MENNEVAL.

M. le vicomte Dauger a exposé dans la 2ᵉ division, groupe II, 7ᵉ catégorie, du catalogue officiel (chiens courants anglais, beagles), sous les nᵒˢ 262 et 263, deux chiennes courantes anglaises de quatre ans ; et dans la 3ᵉ division, groupe Iᵉʳ, 5ᵉ catégorie, une chienne braque noire, de sept ans, sous le nᵒ 364.

Il a obtenu une mention honorable pour la chienne courante anglaise, exposée sous le nᵒ 262, et une médaille d'or pour la chienne braque noire, exposée sous le nᵒ 364, 3ᵉ division.

M. PERRIER, A DAMVILLE.

A envoyé à l'esplanade des Invalides, 2ᵉ division, groupe IV, 2ᵉ catégorie, une chienne basset à poils longs, sous le nᵒ 301.

M. GENISSON, A ÉVREUX.

A exposé, dans la 3ᵉ division, groupe II, 6ᵉ catégorie, un épagneul d'eau, marron, âgé de deux ans six mois.

M. LE MÉNAGER, A CONCHES.

A exposé, 4ᵉ division, groupe II, 2ᵉ catégorie, nº 508, un lévrier russe blanc et fauve. Le jury lui a décerné pour cette exposition une médaille d'argent.

TABLE ALPHABÉTIQUE

MM.

Albon (le marquis d') 11
Amette 90
Angot et Dubreuil 31
Aubert 91
Audresset et fils 74
Auroux (le docteur) 34
Baquet 198
Baraguey-Fouquet 118
Barbe (Eugène) 48
Barbey 63
Baril 93
Beaulavon 47
Béranger 141
Berville 219
Bodoville 133
Boisard fils 51
Boissel-Dauphin 219
Borel 139
Bréauté 230
Breton 84
Buisson 219
Bunel frères 136
Calvet-Rogniat 162
Cartier 146
    Id. 147
Cartier et Cie 192
Chauvel 115
Chenel 170
Chesnon (delle) 228
Chevalier 186
Chupeau-Hauteville 181
Conard 133
Cordier 181
Couillard et Vilet 136
    Id. 170
Cubain 120
Daliphard 60
Dannet (O.) 81
Dauger (le vicomte) 252
Davilliers-Champy et Cie 58
Défontaine 173
Degrand 221
    Id. 222

MM.

Delarue 183
Département de l'Eure 238
Desseaux 220
Didot et Cie 21
Digeon 221
Duguay 220
Dumont-Carpentier 118
    Id. 183
    Id. 221
Dumont-Lellèvre et Cie 32
Dumoutier 198
    Id. 211
    Id. 250
Dupont 181
Durvie 148
Dusseaux 166
Ecole professionnelle d'Evreux . . 19
Etablissements de la Risle . . . 27
Evreux (ville d') 45
Fouquet 122
Frêne 164
Gareau 105
Genisson 233
Genty 226
Gervais-Roussel 125
Hachler 233
Hamel 211
Hamelin fils 97
Hatterer (Vve) 28
Hellard 219
    Id. 251
Hérissey 25
Hiérosme de Torlaville (d') . . . 219
    Id. 249
Josset 138
Knipper 29
Lainé de Louviers 176
Lainé (J.) 133
Lainé (L.) 133
Laubé 31
Lebrun 44
    Id. 179
Lecaudé 167

MM.		MM.	
Lecointe	227	Piedfer-Cohue	124
Lecompte (R.)	133	Pinel	199
Lecomte	220	Poitevin et fils	88
Lecoq	212	Pont-Audemer (tannerie de)	131
Lefort	219	Poupart	108
Legendre	218	Pouyer	204
Legendre frères	149	Pouyer-Quertier	61
Legrand	134	Prieur frères	134
Lemaréchal et Cie	123	Pulligny (le vicomte de)	181
Leménager	253	Id.	230
Lemoine et Cie	62	Id.	231
Lenôtre	168	Id.	238
Léprieur aîné	134	Id.	244
Leroy et fils et Vauquelin	63	Quesnay frères	106
Levasseur	144	Quevilly fils	196
Lot	32	Id.	225
Louviers (ville de)	65	Roussel Noé	49
Lucas	169	Saillard-Boursier	171
Malherbe	18	Saullière Priout	172
Margueron et Cie	116	Sellé	92
Mercier (Vve) et L. Mercier	151	Société libre d'agriculture de l'Eure	200
Métayer	16	Steiner	125
Monnier	220	Thibouville	32
Mouchel et Périlliat	121	Toufflet-Dumesnil	134
Noufflard et Cie	86	Touzé Quillet	135
Onfray et Landry	124	Turgis	135
Osmoy (d') et Cie	193	Verger (C.)	135
Pelletier-Hellant	95	Yerger (L.)	135
Perdrix et Cie	56	Vilcoq et Eustache	89
Perrier	252	Vormier	135
Petit	195		

FIN.

Evreux. Ch. Hérissey, imp. — 899.

www.ingramcontent.com/pod-product-compliance
Lightning Source LLC
Chambersburg PA
CBHW070458030726
47503CB00004B/1090